Liée à un Xenakis

MAYA BLAKE

Liée à un Xenakis

Traduction française de
MARGUERITE GUILLEMET

AZUR

HARLEQUIN

Collection : Azur

Titre original :
BOUND BY MY SCANDALOUS PREGNANCY

HARPERCOLLINS FRANCE
83-85, boulevard Vincent-Auriol, 75646 PARIS CEDEX 13
Service Lectrices — Tél. : 01 45 82 47 47 - www.harlequin.fr
ISBN 978-2-2804-4827-7— ISSN 0993-4448

Composé et édité par HarperCollins France. Achevé d'imprimer en février 2021.
par CPI Black Print - Barcelone - Espagne
Dépôt légal : mars 2021.

FSC www.fsc.org MIXTE Papier issu de sources responsables FSC® C159065

Pour limiter l'empreinte environnementale de ses livres, HarperCollins France s'engage à n'utiliser que du papier fabriqué à partir de bois provenant de forêts gérées durablement et de manière responsable.

1.

Si on m'avait demandé il y a quelques semaines ce que je pensais de la réincarnation, du karma, des péchés exhumés d'un passé lointain… J'aurais sûrement ri tout haut. J'aurais répliqué que le bonheur se fondait sur un effort quotidien. Sur l'amour, la loyauté, et le travail bien fait.

Mais j'avais tort, n'est-ce pas ?

Figée devant la haute tour de Xenakis Aeronautics, toute de verre et d'acier, je retins un soupir. Quelle divinité avais-je donc bien offensée pour en arriver là ?

Non, il fallait voir la vérité en face : si la majorité de mes déboires ne dépendait pas directement de moi, j'étais absolument responsable de cette dernière catastrophe. Pas d'échappatoire. Et j'allais devoir en affronter les conséquences toute seule. Il était grand temps d'entrer dans l'arène.

Deux agents de sécurité, qui m'avaient observée avec une méfiance croissante à travers les grandes portes vitrées, venaient à ma rencontre avec détermination. Évidemment. Ces jours-ci, le monde entier vivait dans l'inquiétude ; j'étais bien placée pour le savoir.

La conjoncture économique était en partie responsable de la dissolution de ma famille qui ne tenait plus qu'à un fil, aujourd'hui. Et, dans mes vêtements usés par les années, le visage troublé par l'anxiété, je n'étais pas surprise d'avoir attiré leur attention. Pendant une seconde, je me pris à rêver de provoquer la sécurité pour qu'ils me renvoient d'où je venais sans autre forme de procès. Tout, plutôt que…

— Excusez-moi, mademoiselle. Puis-je vous aider ?

Je sursautai, le cœur battant la chamade. Le plus impressionnant des deux agents était sorti du building et se tenait maintenant à quelques mètres de moi. Il s'était exprimé avec courtoisie, mais sa posture le montrait sur le qui-vive.

Plus question de tergiverser, Sadie.

— J'ai absolument besoin de voir M. Xenakis.

Le garde plissa les yeux.

— La réception pourra vous informer. Avez-vous rendez-vous avec lui ?

Je retins un petit rire. Rendez-vous ? Pour lui avouer mon crime ? J'imaginais bien la réponse de son secrétariat.

— Hum, non, mais…

— Alors je vous encourage à revenir quand ce sera le cas.
D'après son timbre, ce n'était pas une suggestion.

— S'il vous plaît ! C'est une question de vie ou de mort !

— La vie de qui ? rétorqua-t-il d'une voix sèche.

Je me mordis la lèvre. D'accord, j'avais peut-être un peu exagéré. Avec un peu de chance, ce M. Xenakis apprendrait peut-être la nouvelle avec indifférence…

— Je… Je ne peux pas vous en dire plus. Mais c'est très urgent. Et privé. Pouvez-vous simplement me dire si M. Xenakis est présent aujourd'hui ?

Pendant une interminable minute, l'agent me scruta. Puis il attrapa mon coude.

— Suivez-moi, mademoiselle… ?

J'aurais pu hésiter à lui dévoiler mon identité, mais les Xenakis n'auraient aucun mal à me retrouver. Je ne pouvais que confesser et plaider ma cause, ou attendre que les autorités viennent toquer à ma porte.

— Preston. Sadie Preston.

Il me guida prestement à travers le magnifique atrium de Xenakis Aeronautics, puis dans un dédale de couloirs anonymes, jusqu'à sa destination : une pièce nichée au sous-sol, ressemblant à s'y méprendre à une salle d'interrogatoire.

Je déglutis bruyamment.

— Attendez ici, m'ordonna l'agent.

Il disparut aussitôt. En découvrant l'énormité de mon erreur, quelques heures plus tôt, ma vie avait défilé devant mes yeux ; ici, dans la petite pièce sombre, j'eus l'impression d'attendre une éternité. Après vingt minutes d'agonie, un homme plus imposant encore poussa la porte.

De toute évidence, l'équipe de sécurité avait pris ma requête au sérieux… Et cela ne me disait rien qui vaille.

— Mademoiselle Preston ?

Je bondis et hochai la tête. L'homme m'inspecta avec circonspection avant de reprendre :

— Je suis Wendell, le chef de la sécurité de M. Xenakis. Suivez-moi.

Mon Dieu ! Soit Neo Xenakis était un grand paranoïaque, soit il détestait se frotter au commun des mortels. Et aucune des deux options n'était encourageante.

Après une nouvelle excursion dans le labyrinthe des couloirs aseptisés, Wendell s'arrêta devant un ascenseur en acier. Il l'actionna avec une carte électronique, s'y engouffra à ma suite puis pressa un bouton.

L'ascenseur fila vers le sommet en abandonnant les derniers vestiges de mon courage dans son sillage. Soudain, je voulais me jeter sur les portes coulissantes, toutes griffes dehors, et prendre mes jambes à mon cou pendant qu'il en était encore temps.

Mais à quoi bon retarder l'inévitable ? Je n'aimais pas fuir mes responsabilités. Contrairement à mon père qui avait littéralement disparu sans se retourner. Contrairement à ma mère qui préférait faire l'autruche et parier l'argent que nous n'avions pas. Une habitude qui, soit dit en passant, ressemblait à s'y méprendre à une addiction sérieuse.

Une catastrophe à la fois, Sadie. Je refrénai mon anxiété tandis que l'ascenseur arrivait silencieusement à destination.

Les portes s'ouvrirent sur un hall aéré, dont l'ameublement semblait tout droit sorti d'un de ces magazines que ma mère collectionnait avidement. Je m'étais toujours demandé si les photographies étaient mises en scène, ou si les gens riches vivaient vraiment ainsi.

J'avais ma réponse.

La moquette gris perle était d'un luxe indescriptible ; j'osais à peine y poser mes semelles. Pas de traces des élégants employés que j'avais vus dans le hall ; ici, il n'y avait qu'un silence feutré, et une immense double porte, encadrée de consoles jumelles. Tout criait l'opulence : les murs de verre, révélant d'immenses salles de conférences au mobilier racé, et même, alors que je m'arrêtais devant le battant en frêne poli, les poignées rutilantes en forme d'ailes d'avion qui semblaient sculptées dans l'argent.

J'avais fait une erreur irréparable et j'allais devoir en faire part à un demi-dieu dont le gratte-ciel attitré avait des allures de mont Olympe.

Je me retins *in extremis* de frotter mes mains moites contre le polyester de ma jupe pendant que Wendell toquait à la porte. La réponse nous parvint à travers le bois, portée par une voix profonde, assez autoritaire pour nourrir mon appréhension, assez énigmatique pour me faire frémir de… De quoi, exactement ?

Wendell poussa la porte.

— Vous avez cinq minutes.

Je n'avais plus le choix. J'allais devoir plaider ma cause. Même quelques mois en prison étaient impensables : je ne pouvais pas laisser ma mère toute seule, pas quand notre propriétaire menaçait de nous expulser et qu'elle n'avait plus de revenus. Je fis un pas en avant.

J'avais retenu mon souffle, mais, à la vue de l'homme qui m'attendait, l'air me manqua brutalement. Planté devant les immenses baies vitrées, bras croisés, il me fixait d'un regard étincelant. Même immobile, il exsudait une puissance extraordinaire ; une aura dont le charisme aurait fasciné des peuples entiers. Sous son impeccable costume bleu nuit, je devinais une silhouette athlétique, dont les muscles ondulaient comme ceux d'une panthère prête à bondir. Il était très grand, plus d'un mètre quatre-vingt-dix, et le tissu luxueux de ses vêtements ne faisait que souligner la largeur de ses épaules, la puissance de ses biceps. Sa mâchoire était carrée, ciselée, seulement adoucie par la fossette qui creusait son menton. Le détail était d'une étrange, captivante douceur, sous la sévérité de ses pommettes hautes et de ses sourcils froncés, son front haut et la courbe sensuelle de ses lèvres boudeuses.

Je ne pouvais pas lui rendre justice : le qualifier de magnifique ou de sublime ne suffisait pas. Et, tandis qu'il continuait de me jauger, mon courage déjà branlant s'évapora en fumée. Car il me dévorait des yeux aussi avidement que moi, et l'intensité de son magnétisme fit rugir mon sang dans mes tempes.

Son regard s'était arrêté sur mes cheveux, si intense qu'il me semblait sentir ses doigts glisser entre les mèches de ma queue-de-cheval.

La porte se referma derrière moi. Ses bras croisés retombèrent, et il avança vers moi. Mon Dieu, même sa démarche, même ses gestes étaient hypnotiques. Il se mouvait avec fluidité, souple comme un félin.

Pitié, Sadie. Ne t'évanouis pas sur le milliardaire.

— Je ne sais pas qui vous êtes, mais vous avez la chance d'avoir trouvé Wendell de très bonne humeur. Il n'a pas fait monter quiconque dans mon bureau sans mon autorisation depuis… jamais, annonça-t-il d'un ton moqueur.

Son timbre profond, doré comme du miel, fit courir un nouveau frisson le long de mon échine. Momentanément sonnée par la caresse de sa voix, je fronçai les sourcils. Était-il amusé ou agacé par la situation ?

— Vraiment ? Sa mauvaise humeur doit être terrifiante.

Il s'arrêta à quelques pas de moi.

— Avez-vous l'intention de m'expliquer pourquoi vous avez demandé à me voir ?

Cette fois, son impatience était évidente. Son regard corrosif balaya rapidement mon corps, attentif au rebord effiloché de ma blouse, à la coupe informe de ma jupe, à mes jambes nues, avant de revenir, languide, jusqu'à mon visage.

Le sentiment si familier de ma propre infériorité enflamma mes joues. Huit ans plus tôt, quand nous avions reçu la carte postale sur laquelle mon père nous annonçait qu'il ne reviendrait pas, et qu'un huissier de justice avait toqué le même jour à notre porte, j'avais appris la honte. Une humiliation viscérale qui me poursuivait sans relâche depuis. Et, aujourd'hui, je n'avais pas besoin de lire dans ses pensées pour comprendre que Neo Xenakis ne se frottait pas aux gens comme moi, pas de son plein gré. Sa posture impeccable, son souffle mesuré et inaudible, le mouvement captivant de ses longs cils sombres… Je pouvais l'imaginer sans peine au bras d'héritières sophistiquées et de têtes couronnées.

Quant à moi, je n'étais que la fille d'un financier tombé en disgrâce et d'une joueuse invétérée. Je n'avais rien à faire ici.

— Vous avez raison, le suspense est bien plus mélodramatique.

La provocation me ramena brutalement à la réalité.

— Je ne suis pas mélodramatique, répondis-je dans un sursaut d'embarras.

— Vous avez dit à mon équipe que votre visite était une question de vie ou de mort, mais j'ai déjà vérifié : tous les membres de ma famille sont sains et saufs. M'assurer de la sécurité de mes employés va me demander plus de temps et de main-d'œuvre. Si c'est une plaisanterie ou un mauvais prétexte, je vous encourage à y mettre fin immédi…

— Il s'agit plutôt de votre future famille, le coupai-je.

Il se figea comme une statue de pierre, une inertie inattendue chez un homme à l'énergie si électrique. J'aurais été fascinée par la métamorphose si elle ne m'avait pas terrifiée. Ses yeux étincelèrent.

— Je vous demande pardon ?

Oh non. Je ne pouvais pas me répéter, pas si je voulais sortir vivante de cet échange.

— Je… Je devrais peut-être recommencer depuis le début.

Un muscle se contracta dans sa mâchoire.

— Commencez tout court. Je ne suis pas connu pour ma patience, mademoiselle Preston.

Je déglutis difficilement puis m'éclaircis la gorge.

— Je m'appelle Sadie Preston…

De nouveau, le mouvement hautain de son sourcil arqué.

— Oui, oui. Et je travaille… Je travaillais à la clinique Phœnix, m'empressai-je de poursuivre.

Jusqu'à ce qu'on me renvoie sans autre forme de procès, trois heures plus tôt. Mais je m'occuperais de ce problème-là plus tard. Si je ne terminais pas en prison, évidemment.

Il se pencha légèrement en avant, les mains dans les poches ; le relief de ses cuisses ondula irrésistiblement sous l'étoffe luxueuse du pantalon de costume. Une seconde de silence, juste le temps que mon cœur trébuche.

— J'ose espérer que vous ne m'avez pas dérangé pour me demander un emploi, car je peux vous assurer…

— Non !

Ma voix, éraillée par la panique, le fit grimacer.

— Mon temps est précieux, et vous êtes en train de me le faire perdre. Je vais vous faciliter la tâche. Vous avez une minute pour m'expliquer la situation. Et j'espère sincèrement que cette petite comédie en vaut la peine.

Sinon quoi ?

Un mélange explosif d'agacement et d'appréhension me fit trembler. Je réprimai de justesse la riposte, mais, cette fois-ci, je soutins son regard agacé sans flancher.

— J'ai été renvoyée ce matin car j'ai…

Une pause, une inspiration.

— Car j'ai accidentellement détruit votre…

Une inspiration, une pause. Je fermai les paupières ; quand je les rouvris, il était toujours là, beau à couper le souffle, ses lèvres plissées d'impatience.

— Mon quoi ?

— J'ai détruit votre… votre échantillon de sperme.

Pendant une terrible minute, il se contenta de me fixer d'un regard confus, comme si je ne parlais pas le même langage ; puis, son beau visage se froissa, déchiré par une colère glaciale.

— Vous avez quoi ?

Il n'avait pas crié. Sa voix était parfaitement neutre. Létale comme un couperet. Je frémis des pieds à la tête, incapable de prononcer un mot de plus. Nous restâmes face à face, dans un silence arctique, les yeux dans les yeux.

— Continuez, m'ordonna-t-il soudain, toujours atone, les lèvres pâles de fureur.

Je décollai ma langue de mon palais, la bouche sèche. J'étais venue pour demander son pardon : c'était maintenant ou jamais. Je tentai un sourire.

— Monsieur Xenakis…

Sa main s'éleva promptement entre nous.

— N'essayez pas de me flatter. N'essayez pas de négocier. Je veux les faits et rien d'autre.

Cette fois, son timbre avait perdu de sa neutralité : vibrant comme le tonnerre avant l'orage. Mon sourire s'évapora.

— Quand je suis arrivée au travail ce matin, on m'a donné une liste d'échantillons à jeter. Je… Ce n'est pas vraiment mon travail, mais…

— Quel est votre travail à la clinique ?

Pour la première fois, un infime accent grec avait nuancé ses mots, une touche solaire qui le rendait plus sexy encore.

— Je suis réceptionniste.

Après avoir interrompu mes études de marketing pour aider ma mère, c'était le seul poste décent que j'avais trouvé. J'avais l'intention de reprendre mon master quand j'aurais trouvé le moyen de sortir ma mère de sa dépression.

— Et pourquoi une réceptionniste se chargerait-elle d'une tâche pareille ?

— Ce n'est pas la procédure habituelle, mais nous manquions de personnel, et la liste qu'on m'a fournie avait été vérifiée plusieurs fois par mes responsables.

— Apparemment pas, ou vous ne seriez pas ici.

Une bouffée de honte me brûla les joues. Mon erreur aurait pu être évitée, si je n'avais pas été si distraite. J'étais préoccupée par une dispute matinale avec ma mère, par la menace de perdre l'appartement ; puis la secrétaire médicale avait appelé pour prévenir qu'elle était malade, et j'avais été nommée comme remplaçante temporaire… Mais je doutais que Neo Xenakis ne m'accorde sa compassion.

Avant que je ne reprenne, une sonnerie stridente retentit. Il ne bougea pas ; ses yeux restaient fixés sur moi comme un faisceau polaire. Quand l'intercom résonna de nouveau, il fit volte-face et pressa le bouton avec impatience.

— Oui ?

— M. Spencer Donnelly à l'appareil.

J'étouffai une exclamation de surprise, mais il la perçut sans peine et me transperça d'une œillade circonspecte.

— Je ne connais pas de Spencer Donnelly. Qui est-ce ? demanda-t-il à son assistant.

— C'est mon patron. Je veux dire, mon ex-patron, lançai-je. J'imagine qu'il vous appelle pour s'expliquer.

Et se dédouaner de toute responsabilité, évidemment. Neo me scrutait toujours ; il cliqua sur le silencieux et s'enquit :

— Est-ce sa faute ?

— Non, pas directement, mais c'est le directeur de la…

— Je ne veux pas connaître sa position, je veux savoir qui est coupable de cette faute professionnelle. Êtes-vous la seule responsable, mademoiselle Preston ?

Ma nuque brûlait sous l'assaut imminent de ma sentence, mais je ne pouvais pas nier l'évidence. Je hochai la tête.

— Oui. C'est ma faute.

Ses narines frémirent d'une fureur contenue.

— Qu'il laisse un message, ordonna-t-il dans l'intercom avant de couper l'appel.

Puis, il fit volte-face et me rejoignit d'un pas souple.

— Pourquoi êtes-vous venue me rendre visite ?

Mon pouls s'accéléra, paniqué par sa voix dangereusement soyeuse. Je ne savais pas pourquoi un homme comme lui avait besoin de conserver un unique échantillon à la clinique, mais j'avais compris une chose : j'allais payer le prix fort pour mon inattention.

J'étais glacée et brûlante. J'aurais tout donné pour prendre la fuite et échapper à son regard. Mais je n'avais rien à donner. Rien d'autre qu'une réponse sincère.

— Je voulais vous dire la vérité, face à face. Vous présenter mes excuses. C'est la moindre des choses.

Il se contenta d'élever ce sourcil expressif, si plein de sarcasme. Certes, je ne m'étais toujours pas excusée. Sa moquerie silencieuse me fit détourner le visage.

— Je suis désolée, monsieur Xenakis. J'ai tout détruit, mais ce n'était pas mon intention. Si je pouvais réparer mon erreur, je le ferais sans hésiter…

Je m'interrompis. Mes arguments étaient inutiles. La bévue était irréversible.

— Et comment suis-je censé réagir, mademoiselle Preston ? Vous donner ma bénédiction et vous laisser partir, parce que vous avez eu la grâce de venir jusqu'ici pour me demander pardon ? Quel honneur !

— Je sais que c'est beaucoup demander, mais…

Il baissa les yeux et secoua légèrement la tête, incrédule. Il déglutit difficilement, la mâchoire serrée. Il luttait visiblement contre l'émotion qui menaçait de le submerger. Et même si Neo Xenakis menait l'existence d'un demi-dieu, sans aucun doute béni par le panthéon grec, mon cœur se serra de regret et de compassion.

Une expression fugace passa sur ses traits, mais lorsqu'il releva le regard pour emprisonner le mien, une prémonition terrifiante me prit à la gorge.

M. Donnelly m'avait prévenue que nous ne nous sortirions pas indemnes de cette situation. Il n'avait pas hésité à me jeter en première ligne. D'un simple clic, sans le savoir, sans le vouloir, je m'étais fait un ennemi tout-puissant. Et voilà que Neo Xenakis me dévisageait avec toute la froideur venimeuse d'un cobra prêt à frapper.

— Votre ignorance n'est pas une bonne excuse. Et compte tenu de ses tarifs, j'osais espérer que la clinique Phœnix usait des contrôles stricts pour chacune de ses interventions.

J'avais ouvert la bouche pour répondre, mais il secouait déjà la tête.

— Je ne sais pas ce que vous espériez obtenir en venant me voir, mademoiselle Preston, mais je ne vous laisserai pas vous en tirer à si bon compte.

— Que voulez-vous dire ?

Que pouvais-je bien faire de plus ? Voulait-il que je le supplie ? Que je tombe à genoux devant lui ? Que…

Une idée parfaitement malvenue s'insinua dans mon esprit. Quand mon regard tomba sur sa bouche, un éclair sulfureux traversa mon imagination, un fantasme de réparation en nature qui… Oh ! mon Dieu. Mais qu'est-ce qui me prenait ?

Je relevai promptement le visage, mais quand je rencontrai son regard, j'y trouvais le même brasier que celui qui rugissait dans mes veines. Féroce et impossible.

Il tourna les talons et attrapa une tablette sur son bureau.

— Willa, entrez, s'il vous plaît.

Je restai muette, perplexe, tandis que la porte s'ouvrait sur une blonde en tailleur dernier cri. Elle traversa la pièce de cette démarche assurée que j'imaginais aisément sur un podium, sans m'accorder un regard.

— Oui, monsieur Xenakis ?

Ils échangèrent quelques mots sur sa réunion imminente avant qu'il ne contourne son bureau.

— J'aimerais que vous escortiez Mlle Preston à mon appartement, Willa. Elle restera là-bas jusqu'à ce que j'en aie terminé avec mon rendez-vous. Si elle essaie de partir, informez Wendell.

Pardon ? Non seulement il parlait de moi comme si je n'avais pas mon mot à dire, mais son exigence était parfaitement abracadabrante. Je levai le menton, ulcérée.

— Quoi ? Vous ne pouvez pas… Je ne vais pas rester ici parce que vous l'avez décidé !

La fureur qu'il avait si bien maîtrisée s'embrasa soudain.

— Vous avez détruit mon bien, mademoiselle Preston. Vous savez aussi bien que moi que votre négligence est un crime, et si vous désirez partir avant mon retour, je serai tenu de laisser les autorités se charger de votre cas. Vous avez deux options. Restez afin que nous puissions discuter de la situation après ma réunion ; ou partez et assumez les conséquences de vos actes.

Il me dépassa sans m'accorder un regard, avec un dernier ordre lancé par-dessus son épaule :

— Faites part de votre décision à Willa.

Et il disparut.

Sonnée, je levai les yeux vers la grande fenêtre, martelée par la bruine londonienne. Je ne pouvais pas partir. Pas si je voulais avoir une chance de sauver ma peau et celle de ma mère. Neo Xenakis était sous le choc, bien sûr, mais peut-être serait-il d'humeur plus généreuse lorsque sa colère serait retombée. C'était mon seul espoir : je ne pouvais pas me battre devant un juge, pas sans argent, et pas face à la puissance des Xenakis. Je n'avais même pas assez de budget pour payer une consultation avec un avocat…

Willa toussota. Je me tournai vers elle et hochai la tête.

— Je reste, déclarai-je avec autant de fermeté que possible, l'estomac noué et le cœur en chute libre.

2.

Recule. Réfléchis. Réagis.

Cet après-midi était sans aucun doute le plus long de mon existence. Pour la énième fois, je secouai la tête.

— Vous n'êtes pas d'accord, monsieur Xenakis ?

Je relevai les yeux vers le porte-parole de l'équipe marketing réunie autour de la table ronde. Qu'avais-je manqué pendant que mon cerveau rejouait encore et encore les mots fatidiques, prononcés par la créature la plus captivante que j'avais jamais rencontrée ?

« Je suis désolée… J'ai tout détruit. »

Et dire qu'elle m'avait amusé, au début. J'étais convaincu qu'elle se moquait de moi, ou, plus ridicule encore, qu'elle avait fomenté un stratagème de séduction inédit. Après tout, la plupart des attaques féminines me laissaient froid, ces jours-ci. Et ma soudaine indifférence n'était pas passée inaperçue. J'avais perdu le numéro des starlettes généreusement décidées à me consoler, ignoré les héritières avides de conclure une alliance avec un Xenakis miraculeusement délivré. Dix-huit mois d'aventures sans lendemain et d'étreintes anonymes m'avaient laissé plus cynique encore que je ne l'étais devenu lorsque je m'étais réveillé dans un lit d'hôpital, victime de la pire des trahisons. À cette époque, j'avais cru que ce moment serait le plus sombre de ma vie ; j'étais bien naïf. Sadie Preston l'avait concurrencé sans difficulté.

Mon frère avait-il ressenti la même chose quand il avait dû accepter la proposition des Petras, un an plus tôt ? L'impression d'être coincé dans une pièce sans issue ? Peut-être, mais il y avait une différence fondamentale. Sa sentence avait une échéance. Elle aurait même bientôt touché à sa fin, si sa toute nouvelle épouse n'avait pas pris ses jambes à son cou quelques jours après leur mariage. Cependant, il avait la maigre consolation de n'avoir jamais voulu de la femme qu'il avait perdue. Ce que Sadie Preston m'avait arraché, en revanche… n'avait pas de prix.

C'était un diagnostic alarmiste et erroné qui m'avait poussé à faire pratiquer une conservation de sperme à l'âge de vingt-cinq ans, en prévision d'une chimiothérapie agressive ; mais les cicatrices qui couraient sur ma peau me rappelaient tous les jours que cet échantillon était ma dernière possibilité de fonder une famille, un coup de chance incroyable. Et il n'en restait plus rien. Un éclair de fureur incrédule me transperça ; je secouai encore une fois la tête, sous les regards perplexes des collaborateurs engagés pour promouvoir les intérêts de la société au Brésil.

Je jetai un bref coup d'œil à la présentation projetée.

— Cela ne fonctionnera pas. Non seulement l'idée est quelconque, mais vous visez la mauvaise cible démographique.

Le représentant s'empressa d'acquiescer.

— Et quelle cible désiriez-vous privilégier, monsieur Xenakis ?

Je me retins de lever les yeux au ciel. Les avais-je choisis pour faire leur travail à leur place ?

— Nous vous avons fourni toutes les données du bêtatest, mais vous ne semblez pas les avoir consultées. Je ne vois aucune trace des retours que nous avons obtenus auprès des parents de moins de trente ans.

Mes propres mots, si anodins, se muèrent en onde de choc. Parents. Enfants. Famille. Paternité. Autant d'expériences dont je ne connaîtrais jamais la teneur, à cause d'une petite rouquine dont les excuses avaient été insolemment mâtinées de provocation. Ses beaux yeux verts m'avaient défié aussi sûrement que sa voix veloutée avait tremblé de consternation. Elle n'avait pas manqué de lever un menton silencieusement pugnace, révélant la peau soyeuse de sa gorge et l'ombre de son décolleté. Quant aux autres trésors cachés sous ses vêtements usés, et ses cheveux que j'aurais voulu enrouler autour de…

Theos mou. *Reprends-toi, tu veux ?*

C'était le choc, un choc brûlant et fracassant, qui m'avait empêché de faire appeler Wendell et les forces de l'ordre dès que j'avais appris son crime.

Et c'était le choc aussi qui m'avait poussé à l'envoyer dans mon appartement, au dernier étage du gratte-ciel, pendant que je digérais l'information. Seulement le choc. Et une certaine forme de prudence : malgré toute la confiance que je portais à mon chef de la sécurité, le problème était on ne peut plus privé, et j'avais bien l'intention qu'il le reste.

Sadie Preston avait brisé mon dernier espoir. Je n'avais compris combien la paternité comptait à mes yeux que lorsqu'on m'en avait arraché la possibilité, d'abord dans la trahison et le mensonge, et ensuite d'un clic négligent.

Une chape de plomb me comprimait la poitrine. Je bondis, incapable de rester plus longtemps immobile.

— Mesdames et messieurs, j'espère que vous avez compris mes attentes pour cette campagne.

Assentiment général. Je me dirigeai vers la porte.

— Vous avez une semaine pour me présenter le projet final. Ne me décevez pas.

« Ne me décevez pas. » Des paroles en l'air, sans doute. Étais-je voué à être toujours trompé et trahi par ceux en qui j'avais confiance ? J'avais depuis longtemps perdu mes illusions dans la nature humaine, mais même les institutions d'élite ne tenaient plus leurs promesses. Et à cause d'une anodine erreur professionnelle, je ne…

Christos. Je n'aurais jamais d'enfant.

Je m'appuyai contre le mur, écrasé par le poids de ma nouvelle réalité. Bien sûr, j'avais toujours douté d'être même capable d'être un bon père. Les hommes Xenakis étaient beaucoup de choses, mais certainement pas des parents idéaux. Mon grand-père s'était littéralement enterré dans le travail, et mon père avait négligé sa famille et ses devoirs en apprenant qu'il n'avait pas obtenu sa succession. Si nous nous tolérions, aujourd'hui, au nom du clan Xenakis, je n'avais pas un seul souvenir de complicité avec mon père. J'avais passé mon enfance et mon adolescence dans un pensionnat. J'étais revenu pour commencer un apprentissage sévère aux premiers échelons de Xenakis Aeronautics, avant de les gravir par goût du risque et de la stratégie. J'avais gagné son respect et sa loyauté, peut-être. Mais son affection ? Son amour ? Non. Certainement pas.

Je pressai un doigt tremblant sur le bouton de l'ascenseur. Une fois dans la cabine, je tentai de réguler mon souffle, d'écarter mon angoisse croissante. J'avais toujours ri face à l'adversité, préféré l'insolence au désespoir. Mais cette fois, le contrôle me glissait entre les doigts.

Je n'avais jamais ressenti une perte si aiguë, pas même quand Anneka avait montré son vrai visage, à l'hôpital, trois ans plus tôt. Sa trahison avait tout fait basculer, mais une partie de moi s'était réjouie de la voir sortir de ma vie avant qu'il ne soit trop tard. Ma fierté avait souffert de s'être laissée berner si facilement (d'où ces premiers mois de débauche abrutissante), mais j'avais tout de même échappé à son piège. Cette fois, pas de consolation. Pas de retour en arrière. Les dommages étaient irréversibles. Il ne me restait que la vengeance.

Une notion de plus en plus tentante.

En entrant dans l'appartement, je trouvai Sadie devant la baie vitrée. Le faible soleil anglais était enfin sorti et jetait un halo enflammé sur ses cheveux de cuivre poli ; les yeux toujours fixés sur la vue en contrebas, elle replaça une mèche folle derrière son oreille et laissa une main distraite glisser sur sa nuque pour masser son épaule crispée.

Le geste me fit frémir. Je savourais encore une fois la perfection de sa peau diaphane, l'harmonie de sa silhouette en sablier, et l'irrésistible attrait de ses jambes fuselées. Elle avait posé une main sur la vitre comme sur les barreaux d'une prison. Elle perçut soudain ma présence et fit volte-face, ses prunelles écarquillées de surprise.

— Oh. Je ne vous ai pas entendu entrer.

Je ravalai une réplique cinglante. Je l'avais fait venir jusqu'ici pour choisir la meilleure façon de procéder. Connaître le fin de mot de cette histoire.

La perspective de laisser encore une fois des inconnus fouiller dans ma vie et mon intimité m'emplissait d'amertume. Si j'en venais à prendre des mesures, une ribambelle de spécialistes et d'avocats se jetteraient sur l'affaire. J'avais déjà supporté leur curiosité morbide lorsque j'étais sorti d'un coma de plusieurs semaines, trois ans plus tôt, pour découvrir que la sévérité de mon accident de ski m'empêcherait d'engendrer. Mon seul espoir d'être le père biologique d'un enfant ne tenait plus qu'à l'échantillon de sperme gardé à la clinique Phœnix… Une chance que Sadie Preston avait réduite en cendres.

Face à moi, elle dansait d'un pied sur l'autre, son petit nez curieux levé vers moi. *Christos*, n'avait-on jamais inculqué la contrition à cette créature ? Elle tentait de garder son calme, mais sa poitrine se soulevait sur le rythme de son souffle court, et elle se balançait discrètement d'avant en arrière. Le mouvement nerveux de ses pieds accentuait la forme lisse de ses mollets. De nouveau, malgré moi, je m'y attardais, soudain avide de mémoriser leur courbe. Je pivotai aussitôt et me dirigeai vers le bar. Un doigt de cognac m'éclaircirait l'esprit.

Derrière moi, elle toussota.

— Je sais que vous avez du mal à supporter ma présence. Ce que j'ai fait est impardonnable. Mais je me disais que… peut-être, si vous voulez bien me donner un peu plus d'informations, nous pourrions réfléchir tous les deux et trouver une solution.

Un petit rire cruel m'échappa.

— Réfléchir tous les deux ? Et à quoi bon ? Êtes-vous médecin, mademoiselle Preston ?

— Bien sûr que non, mais je veux vous aider…

— Je pense que vous en avez assez fait. Même si nous étions les deux dernières personnes sur cette planète, je préférerais affronter seul l'apocalypse plutôt que d'accepter votre aide, lui assénai-je.

Ses joues laiteuses pâlirent encore.

— Pourquoi êtes-vous aussi cruel ? murmura-t-elle.

Une flèche de culpabilité m'atteignit en pleine poitrine. Absurdement. *Theos mou*, que m'arrivait-il ? Allais-je vraiment avoir honte de mon attitude alors que cette inconnue avait ruiné mon avenir ? J'avalai une gorgée de cognac dans l'espoir de dissiper le sortilège ; en vain.

— Très bien. Je vous écoute. Que proposez-vous ?

— Si vous voulez bien me dire pourquoi vous avez eu besoin d'utiliser les services de la clinique Phœnix…

— Non merci. Une autre option ?

Elle hésita. Elle humecta sa lèvre inférieure, et la vision éclair de sa langue me fit l'effet d'un coup de poing. D'un coup de sang. Bon Dieu. J'étais affamé. De cette femme ? Mon ennemie ? Le monde était bel et bien tombé sur la tête !

— D'accord. Si vous avez la possibilité de donner un autre échantillon, je pourrais contribuer financièrement à sa conservation…

— Vous n'avez même pas les moyens de vous offrir une tenue décente, mademoiselle Preston. Je peux savoir comment vous comptez payer les honoraires exorbitants de votre clinique ?

Ses yeux étincelèrent.

— Personne ne vous a jamais dit qu'il ne faut pas se fier aux apparences ?

— Oh ! je suis navré. Vous ai-je mal jugée ? Êtes-vous une princesse sous couverture ?

Elle parvint à soutenir mon regard pendant trois bonnes secondes avant de baisser les yeux. Sur ses joues soyeuses, ses longs cils sombres se déployaient comme un éventail de velours, courbé sous ses paupières délicates. Devant cet enivrant mélange de grâce, de défi et de beauté, je sentis se crisper mes doigts sur mon verre, avide de retrouver la détermination de ses prunelles émeraude.

Lorsqu'elle les releva, mon cœur rata un battement.

Sadie Preston était en train de ressusciter une libido que j'avais laissée à l'abandon, stagnante et désabusée, pendant que je me concentrais sur les enjeux de Xenakis Aeronautics. Mon corps était-il donc si sensible à l'ironie du sort ? Peu importait !

Pourquoi étais-je focalisé sur cette folie alors que je ne comptais en aucun cas la poursuivre ?

— Très bien, vous avez raison. Je ne pourrais pas payer la facture de la clinique Phœnix. Mais peut-être pourrions-nous passer un accord ?

Ah, bien sûr. Un accord. Une histoire vieille comme le monde. À l'idée qu'elle puisse s'offrir à moi sur un plateau d'argent, un goût âcre s'insinua sur ma langue.

— Je vous écoute. Quel genre d'accord ?

— Je n'ai plus qu'un an d'études avant d'obtenir mon master de marketing. J'ai été la meilleure de ma promotion chaque année. Je pourrais peut-être travailler pour votre entreprise quand j'aurai terminé ? Vous rembourser ainsi ?

Je relevai les yeux avec un sursaut de surprise… et je fus envahi d'une émotion plus trouble, mais plus familière ; le désir de posséder ce qu'on m'avait refusé. Voilà que finalement, je la voulais sur ce foutu plateau d'argent ?

Oui !

Il valait mieux ignorer ce caprice jusqu'à nouvel ordre. Me concentrer sur sa proposition. Devant son regard résolu, j'étais presque tenté de la croire ; presque. Une immédiate proposition de séduction aurait été trop directe ; peut-être que Sadie Preston était simplement bonne menteuse. Anneka aussi avait tissé une toile de mensonges autour de notre relation, jusqu'à ce qu'une conversation téléphonique ne dévoile sa vraie nature.

— Quel âge avez-vous ?

Elle me jeta une œillade séditieuse, peut-être tentée de m'envoyer sur les roses ; mais elle finit par répondre :

— J'ai vingt-cinq ans.

— Beaucoup ont terminé leurs études à vingt-cinq ans.

— J'ai dû interrompre les miennes pour des raisons personnelles.

Des raisons qu'elle n'avait aucune intention de me confier, de toute évidence.

— Et pourquoi devenir réceptionniste ? Pourquoi pas un stage dans votre domaine ?

Son visage se froissa d'impatience.

— Désolée, mais c'est personnel. Vous pouvez vérifier mes résultats et mon expérience auprès de mes professeurs.

Assez, j'en avais assez.

— Vous avez demandé à me voir pour confesser un délit. Vous pensez peut-être qu'admettre votre culpabilité est admirable, mais vous avez aussi prouvé que je ne pouvais pas vous faire confiance. Vous avez détruit mon bien. Vous comprendrez donc sans peine que je ne désire pas vous confier mon commerce. Je refuse votre offre.

Elle retenait son souffle, et mon regard s'attacha à ses lèvres entrouvertes. *Christos.*

— C'est tout ? Vous allez me jeter aux lions ?

— Pour ce que vous m'avez fait perdre ? Absolument. Sans aucune hésitation, mademoiselle Preston.

Malgré sa menace létale, il ne bougea pas.

Je n'avais pas décroché mon regard du sien, silencieuse, de peur peut-être de laisser au prédateur le temps de bondir, et un rictus incurva soudain ses lèvres.

— Que se passe-t-il ? Essayez-vous de m'hypnotiser pour que je change mon verdict, peut-être ?

— Peut-être.

S'il avait l'intention d'appeler les autorités, je n'avais plus rien à perdre. Un amusement sombre dansa dans ses yeux gris, mais le masque de froideur retomba bien vite sur son beau visage. Mon cœur tremblait dans ma poitrine ; j'aurais tout donné, tout, pour pouvoir revenir en arrière, prendre mon temps, faire attention à la liste, ignorer la présence désagréable de M. Donnelly dans mon dos.

Mais il était trop tard.

Le mal était fait.

Et Neo Xenakis fit un pas en avant, tout proche, trop proche, son corps musclé et tendu soudain à portée de main, frémissant de cette puissance sauvage que j'avais déjà devinée chez lui.

Quelque chose en moi me criait de reculer, de me presser contre la baie vitrée ; mais je n'avais pas l'intention de céder du terrain.

Pendant les quelques heures que j'avais passées dans son opulent appartement, j'avais eu le temps de laisser libre cours à ma curiosité. Et une recherche Google m'avait fourni une myriade de réponses en haute résolution. La presse numérique m'avait appris que le fils cadet des Xenakis était carnassier, en amour comme en affaires. C'était un homme qui aimait les défis. Il ne perdrait pas son temps avec un adversaire trop faible pour lui ; la victoire n'était que plus exquise s'il prenait l'imprenable.

Était-ce pour cela que je ne parvenais pas à détourner les yeux ? Que je soutenais son regard sans ciller, dents serrées, en le défiant silencieusement de contre-attaquer ?

De me conquérir ?

Un trait torride s'était fiché sous ma peau, traînant dans son sillage une anticipation sulfureuse, une excitation illicite. Une lave inconnue bouillonnait dans mes veines et se déroulait le long de mon échine, savamment nourrie par l'étincelle brillant dans ses prunelles d'acier.

Et le brasier menaçait de me dévorer vivante alors même que j'aurais dû tenir ma langue et prouver mon innocence. Mais, après tout, il avait été clair : je ne méritais pas sa clémence. Et s'il avait l'intention de me réduire à néant, il semblait enclin à jouer avec moi avant d'asséner le coup de grâce. Félin, il semblait se prêter à l'hypnose dont il avait ri quelques secondes plus tôt.

— Ai-je une chance de réussir ? demandai-je.

Mon Dieu. Tais-toi, Sadie. Tais-t…

À ma grande horreur, mon estomac geignit dans le silence.

Neo Xenakis baissa les yeux sur mon ventre puis revint à mon visage, les sourcils froncés.

— Depuis quand n'avez-vous pas mangé ?

— Je ne m'en souviens pas. Cela n'a pas d'importance.

— Non, non, j'insiste. Je ne voudrais pas que l'orchestre de votre système digestif gâche mon début de soirée, susurra-t-il, impitoyable.

Les joues brûlantes, je retins une grimace.

— J'ai pris un café ce matin.

— C'est tout ? Il est 19 heures.

— Je sais quelle heure il est, monsieur Xenakis.

Mon ton sec lui fit hausser un sourcil.

— Je ne voudrais pas envoyer une criminelle au pilori l'estomac vide. Voulez-vous que je demande à mon chef d'ajouter un couvert à ma table, ou préférez-vous immédiatement vous rendre à la case prison ?

— Cela dépend, monsieur Xenakis. Avez-vous l'intention de me torturer pendant toute la soirée avec vos plaisanteries judiciaires ? ripostai-je.

— Oh ! vous pensez savoir ce qu'est la torture ?

Son calme olympien me glaçait plus profondément qu'une crise de rage. Je n'étais pas dupe. Derrière l'indifférence, sa fureur rugissait toujours. Pauvre petit héritier ; il allait devoir retourner à la clinique et faire un nouveau prélèvement de sperme, alors qu'il avait tant de choses plus importantes à faire. Séduire un mannequin ou deux, par exemple.

— Vous n'avez de toute évidence pas l'intention de m'accorder votre pardon, monsieur Xenakis, ni de m'aider à trouver une solution pour réparer ma faute. Je ne vois pas vraiment en quoi dîner avec vous va arranger ma condition.

— Ah, mais en savoir plus sur votre caractère m'aiderait à affiner mon jugement. Bien sûr, vous êtes libre de choisir.

Oh ! c'était ingénieux. Évidemment, je voulais saisir l'opportunité d'alléger ma sentence. Je secouai la tête, consciente d'avoir perdu cette bataille.

— Très bien. Si c'est la seule façon de faire avancer cette discussion.

Le spectre d'un sourire incurva ses lèvres pleines. Puis, visiblement choqué par sa propre réaction, il fronça les sourcils et tourna les talons. Eh bien, j'avais connu des réactions plus enthousiastes, mais je ne pouvais pas faire la fine bouche.

Il traversa le vaste salon, téléphone en main. Après quelques phrases en grec, il raccrocha, posa son verre sur une petite table d'appoint aux pieds sculptés et ordonna :

— Venez.

Voix basse, insupportable d'autorité – et irrésistible.

À ma grande surprise, il ne me guida pas dans la magnifique salle à manger que j'avais découverte par hasard, un peu plus tôt, en cherchant les toilettes. À la place, il poussa la porte d'une cuisine ultramoderne. L'endroit aurait fait se pâmer le plus pointu des chefs : une armée d'équipements *nec plus ultra* scintillait sur les comptoirs de marbre poli, et, au centre dans la pièce, trônant sur un large îlot, un étalage de plats sous cloches d'argent rutilait sous un plafonnier suspendu. Neo tira pour moi un des élégants tabourets. Je déglutis nerveusement.

Son chef nous rejoignit bientôt et entreprit immédiatement de découvrir les plats. Leur odeur sublime me chatouilla les narines, et j'écarquillai les yeux devant les *mezze* exquisément odorants, jouxtant deux ou trois spécialités typiquement britanniques. Neo congédia le chef après quelques politesses puis attrapa une bouteille de vin rouge.

J'étouffai une exclamation de surprise en voyant l'étiquette. À une autre époque, avant que mon père ne disparaisse sans demander son reste, il avait été aussi passionné par le vin que ma mère par les magazines. Je l'avais souvent entendu décrire sa cave rêvée et mentionner le château Cheval d'un prix exorbitant que Neo ouvrait maintenant d'un geste nonchalant.

Je le fixai, bouche bée, tandis qu'il débouchait la bouteille. En voyant mon expression, il plissa les yeux.

— Il y a un problème ?

— Je… Non, je me demandais juste s'il vous arrivait souvent de partager des bouteilles de vin extrêmement chères avec vos ennemis avant de vous débarrasser d'eux.

Son regard s'assombrit, mais il haussa les épaules.

— Malheureusement, satisfaire votre curiosité ne fait pas partie de mes priorités. Servez-vous.

L'impératif me hérissa : j'envisageais une seconde de refuser, mais j'étais affamée. Et puis, il fallait rendre à César ce qui était à César : Neo Xenakis n'était pas obligé de me nourrir. Il aurait aussi bien pu me jeter dehors.

J'optai pour deux superbes feuilles de vigne puis ajoutai un peu de salade grecque. Je levai ma fourchette quand je remarquai son regard fixé sur mon assiette.

— Vous n'avez pas mangé depuis hier, et c'est tout ce que vous prenez ?

— Oui…

Il montra les nombreux plats d'un mouvement de menton.

— Le *kopanisti* ne se garde pas. Essayez.

Il attrapa une pince et déposa de la salade, des poivrons rôtis et une pâte orange entre deux tranches de pita avant de me tendre sa confection. Hésitante, je l'amenai à mes lèvres et mordis dans le pain moelleux. Les saveurs explosèrent sur ma langue ; le mélange délicieux d'une fêta incroyablement affinée et des légumes frais m'arracha un gémissement de plaisir.

Peut-être que mon imagination me jouait des tours, mais je crus voir Neo déglutir. La nuque raide, il me tendit d'autres *mezze* d'un geste sans appel puis leva la bouteille.

— Du vin ?

Et l'opportunité de goûter un millésime absolument hors de prix ? Je ne pouvais pas résister, pas alors que cette décadence promettait d'être la dernière extravagance que je pourrais m'allouer avant de très, très longs mois.

— Juste un petit peu, merci beaucoup.

Après avoir servi deux verres, il choisit un morceau de cabillaud à la vapeur et un peu de salade. Il termina son assiette en un éclair. Visiblement, l'alimentation était une sustentation ascétique plutôt qu'un plaisir. Ensuite, il me regarda manger avec attention, en faisant tourner le pied délicat de son verre en silence. Embarrassée, je préférai éviter d'évoquer le sujet hostile qui pesait entre nous et savourer le repas le plus délicieux que j'avais jamais mangé ; mais je restai douloureusement consciente de son regard intense, du spectre moqueur de son sourire.

— Quelle université ?

Je sursautai.

— Pardon ?

— Pour votre master de marketing.

En entendant le nom de l'établissement, il accusa de nouveau un mouvement de surprise. Il prit une gorgée de vin avant de baisser les yeux sur mon assiette vide, puis sur les plats de viande grillée, de légumes rôtis, de pain encore tiède. Je lui souris.

— C'était délicieux. Merci.

Il fronça les sourcils puis leva une cloche entreposée à l'écart des plats chauds. Un parfum riche et sucré me submergea, et je me redressai en me mordant la lèvre. J'aimais trop les sucreries pour mon propre bien.

— Un dessert ?

La proposition était bourrue, mais son geste était chaleureux quand il poussa les *baklavas* devant moi. Des petits carrés de pure gourmandise. Je hochai la tête, impuissante, et il fit glisser quatre morceaux sur une assiette propre. Il n'y toucha pas lui-même, apparemment satisfait de me voir les dévorer avec un plaisir non dissimulé.

Peut-être avais-je découvert la torture que Neo Xenakis avait concoctée pour moi : me nourrir jusqu'à ce que j'éclate.

L'idée rocambolesque me fit sourire, et je levai lentement mon regard vers le sien. De nouveau, une étincelle bondit dans ses prunelles métalliques et traça un chemin enflammé de ma nuque jusqu'à mes reins.

— Dans d'autres circonstances, je pourrais croire que vous ne voulez pas que je parte.

Ma plaisanterie était légère, mais il se figea, et ses yeux gris se firent tempétueux. Sa main s'était crispée autour de son verre, blanchie aux phalanges. Je me mordis la langue.

— Je suis désolée. Je ne voulais pas…

— Peut-être que vous avez raison, me coupa-t-il d'une voix basse, dure et rauque, comme si les mots lui étaient arrachés. Peut-être que je ne veux pas que vous partiez. Peut-être que j'ai besoin de votre présence pour me rappeler que ce que vous m'avez annoncé n'est pas un cauchemar dont je peux me réveiller, mais une réalité irrévocable.

La torpeur froide de sa voix me frappa comme une gifle. La gorge nouée, je résistai à la pulsion de tendre la main pour serrer la sienne, de caresser ses mâchoires rigides de souffrance contenue. Mon geste ne serait qu'indésirable.

— Monsieur Xenakis… Est-ce vraiment sans espoir ?

Ses yeux ombrageux accrochèrent les miens.

— Pardon ?

— Je suis étonnée qu'un homme comme vous…

— Un homme comme moi ? siffla-t-il.

Mon courage s'évanouissait à toute allure. J'avançais en terrain miné et je n'étais pas certaine de trouver une issue.

— Vous êtes riche, puissant, et vous avez une certaine… réputation. Je me demande simplement pourquoi vous vous cantonneriez aux services de la clinique Phœnix quand vous avez sans aucun doute un éventail d'alternatives. J'ai tort ?

Il haussa lentement les sourcils.

— N'est-ce pas vous qui m'avez rappelé que les apparences sont parfois trompeuses ?

Je me sentis rougir. Mon estomac se retourna. Je n'avais tout de même pas, d'un simple clic, d'une simple erreur, mis fin à la lignée de cet homme ? Non, non. C'était impossible.

— S'il vous plaît, répondez-moi, monsieur Xenakis, le suppliai-je d'une voix vibrante de détresse.

— Pourquoi ? L'idée qu'un homme comme moi puisse être impuissant ou stérile vous bouleverse-t-elle ?

C'était de la provocation pure et simple, et j'aurais dû baisser les yeux, tenir ma langue, mais…

— L'êtes-vous ? ripostai-je, incapable d'ignorer le défi.

Il se leva et amorça un pas vers la porte.

— Venez avec moi.

Quelque chose de brut pulsait dans son timbre. Une menace, peut-être, que ce qui m'attendait me consumerait.

— Et si je refuse ? Allez-vous me mena…

Il secoua une main impatiente, les lèvres plissées.

— Un petit conseil, Sadie. Si votre instinct de survie est encore en état de marche, apprenez à choisir vos batailles. Arrêtez de me provoquer à tout bout de champ. J'ai pour habitude de prendre l'adversité de front. À cet instant précis, je suis à deux doigts de vous jeter dehors et laisser les autorités s'occuper de votre cas. Vous pouvez partir, ou montrer un peu de respect pour l'homme à qui vous avez infligé un tort irréparable. Vous avez une préférence ?

J'étais pétrifiée, écartelée entre la révolte et un remords sincère. Mon pouls rugissait à mes tempes.

— Je… Bien sûr. Je vous suis. Mais je me réserve le droit de partir quand je le désire.

Il quitta la cuisine sans répondre. Je le suivis, les sens en ébullition, envoûtée malgré moi par son parfum. Il s'assit dans l'immense canapé avec une décontraction feinte, un bras nonchalamment jeté sur le dossier, une cheville croisée sur son genou, et porta son verre de vin à ses lèvres.

J'avais besoin d'espace pour réfléchir, pour ralentir, mais Neo Xenakis serait aussi intimidant et aussi séduisant demain, la semaine prochaine, pour l'éternité. Les jambes en coton, j'approchai de quelques pas. Après tout, j'avais décidé que j'irais jusqu'au bout du problème ce soir – ou jamais.

— Laissez-moi vous résumer les conséquences de votre distraction, Sadie. Je viens d'une grande famille. Les Xenakis adorent les enfants et attachent de l'importance à leur clan. On m'a inculqué très tôt que j'avais certaines responsabilités, et j'avais bien l'intention de les assumer dans un futur plus ou moins proche. Vous comprenez ?

Je hochai la tête, la gorge nouée.

— On s'attend à ce que vous ayez une descendance ?

— Exactement. Et je prends mon devoir au sérieux. Et vous avez réduit à néant mes chances de remplir les obligations.

— Vraiment ? Vous ne voyez aucune autre solution ?

L'émotion turbulente qui bouillonnait dans ses yeux gris s'évanouit un instant, remplacée par une étincelle féroce. Son regard s'arrêta sur ma bouche.

— C'est une idée fixe, Sadie. Êtes-vous en train de vous interroger sur mes capacités les plus intimes ? railla-t-il.

Une nuance dangereuse susurrait au creux de sa voix sombre.

Et pourtant, au lieu de m'apeurer, elle embrasait mes veines au point de me brûler les joues.

— Qu'espérez-vous donc ? Que ma réponse vous donnera l'absolution dont vous avez besoin ?

Mon Dieu. Étions-nous vraiment en train de parler de ses… de son…

— Non. Peut-être. Oui, murmurai-je.

— Mon aptitude à avoir des rapports sexuels n'a pas de rapport direct avec notre problème.

— Vous avez l'air déterminé à ne pas répondre.

D'où me venait cette insolence ? La provocation m'avait échappé sans que je ne puisse la retenir, emportée que j'étais par un vertige d'évocations sulfureuses. Le souffle court, je dévorai son visage du regard : ses pommettes hautes, l'angle dur de sa mâchoire, la courbe tentatrice de sa gorge et, mon Dieu, la moue sensuelle de sa bouche tachée de vin. La posture paresseuse de son corps, ce corps dont j'aurais voulu me repaître jusqu'à satiété, avait toute la grâce et la sauvagerie des eaux profondes, un danger constant ondulant sous une surface lisse. Et je ne songeais qu'à m'y plonger, à m'y perdre. Trempée, noyée, submergée.

Une brûlure sourde, insistante, battait un rythme enfiévré entre mes cuisses. Chaque respiration, à l'instar d'un soufflet, avivait le besoin lascif qui enflammait ma chair.

— Je ne vous dois rien, et certainement pas des justifications. Mais si vous tenez réellement à vous familiariser avec mes érections, Sadie, qu'est-ce qui vous en empêche ? La réponse est à portée de main.

Une onde de choc me secoua de la tête aux pieds. Oh. Il n'était tout de même pas en train de suggérer que je… ? Et je n'étais tout de même pas en train d'envisager…

Étais-je en train de l'envisager ?

3.

Mon cœur bondit dans ma poitrine, grisé par sa proposition, avant que je ne me raccroche au bon sens.

Il ne le pense pas, Sadie. Il s'amuse avec toi.

— C'est une plaisanterie ?

— Ai-je l'air de plaisanter, Sadie ?

Non. Il avait l'air on ne peut plus sérieux. Mais ses non-dits s'insinuaient en moi, fourmillant d'angoisse. J'avais peut-être détruit sa dernière chance d'être père. Depuis le dîner, un étau s'était progressivement refermé sur moi, actionné par la peur et le remords. Par le désespoir, aussi, et une compassion que je ne pouvais réprimer. Neo Xenakis était-il en train de se distraire, de peur de rester seul face à la situation dans laquelle je l'avais jeté ?

Je secouai la tête.

— Je… ne suis pas sûre de comprendre.

Il haussa les épaules.

— Vous avez l'air très intéressée par mes capacités. Je vous propose d'en faire l'expérience de première main. À moins que je ne vous fasse peur ?

— Quand je vous ai proposé de faire amende honorable, monsieur Xenakis, je ne parlais pas de faveurs sexuelles, rétorquai-je sèchement.

Même si la tentation de le toucher menaçait de me faire avancer, succomber, supplier…

Pas question.

Mais Neo arqua un sourcil moqueur.

— Je ne crois pas vous avoir proposé une chose pareille.

La riposte me piqua au vif.

— Je ne suis pas stupide, monsieur Xenakis. Et, contrairement à vous, je préfère jouer cartes sur table.

Lentement, sa posture détendue se métamorphosa. Son bras retomba du dossier, son corps se pencha en avant. Il tenait encore mon regard prisonnier. La largeur du sofa nous séparait toujours, mais il n'avait pas besoin de se rapprocher. Sa présence électrique m'entourait, m'emplissait.

— Alors jouons cartes sur table. Si je voulais que nous passions la nuit ensemble, ce serait de votre plein gré. Certainement pas pour payer une dette.

— Si c'est un défi, je ne compte pas le relever.

J'avais parlé fermement, mais un tumulte rageait en moi, profond, toujours plus profond. Les seins tendus, le souffle court, j'étais avide de lui. Que m'arrivait-il ? Pourquoi ne parvenais-je pas à contrôler cette attraction ?

Il haussa de nouveau les épaules. Le mouvement attira mon attention sur sa gorge hâlée. J'avais terriblement envie de tendre la main, de poser mes doigts juste là, au creux de son cou, où son pouls battait puissamment sous sa peau.

Je détournai le regard, mais pas avant de croiser le sien. J'avais besoin de me lever, de m'éloigner, de respirer hors de son orbite. Besoin de partir. Besoin de faire taire le chaos qui avait pris possession de moi. De fuir le sourire amusé de Neo Xenakis, conscient de mon trouble. Mais j'étais trop fière, et le désir de parer sa prochaine attaque était plus fort que mon instinct de survie.

Nos yeux se trouvèrent de nouveau, attirés par un fil invisible ; et, dans ses prunelles si expressives, je vis poindre une nouvelle détermination. Il avait pris une décision.

— Viens ici, Sadie.

Cette fois-ci, la demande était une proposition, pas une exigence ; et le tutoiement, étrange, intime, me brûla comme un baiser.

Lève-toi. Va-t'en. Il ne t'arrêtera pas.

La tentation… La tentation avait enroulé des lianes exquises autour de mes membres. Et pourtant je savais qu'il ne faisait que tester sa théorie. Satisfaire sa curiosité. Il me proposait de faire de même. Rien d'autre.

Va-t'en pendant qu'il en est encore temps.

Mais je ne voulais pas retourner à la réalité, pas tout de suite. Je ne voulais pas replonger dans ce monde où ma mère luttait contre l'addiction, où je n'avais plus de travail pour la soutenir et garder un toit sur nos têtes, où ma vie était bien loin des illusions que j'avais entretenues lorsque j'avais été heureuse et confiante, des années plus tôt.

Pendant trois ans, la trahison de mon père avait nourri une détresse empoisonnée dans le creux de mon estomac : la conviction inébranlable que j'étais négligeable. Accessoire. Je n'avais rien d'autre que mon audace, ce soir. L'audace de soutenir le regard de Neo Xenakis un peu plus longtemps. L'audace de le rejoindre.

Il ne bougea pas. Il était toujours immobile sur le canapé de velours, souverain. Et, comme un papillon attiré par les flammes, je ne pus résister plus longtemps au danger, à l'excitation, au festin décadent qu'il m'offrait.

Juste une seconde. Juste une minute. Le temps de le goûter, et ensuite… Je pourrais tout arrêter, reprendre notre négociation, partir sans me retourner.

J'obéis à sa demande. Soudain, mon corps frôla le sien, à un souffle de la combustion.

— Je suis là, murmurai-je.

Ses yeux d'orage scrutèrent mon visage et s'attardèrent, sauvages, sulfureux, sur ma bouche. J'humectai mes lèvres, et son regard torride suivit le mouvement de ma langue. Son expiration suivante résonna entre nous, plus courte, plus haletante. Sous sa chemise immaculée, son torse large avait amorcé un sursaut heurté, et mes doigts fourmillèrent, avides de toucher la peau dissimulée.

— Mon invitation tient toujours, souffla-t-il.

Reste. Explore. Profite.

Je levai la main vers lui et la retins à quelques millimètres de sa chair, juste assez proche pour deviner la chaleur de son corps. Avais-je perdu la tête ? Étais-je vraiment en train de provoquer un dieu grec dans l'espoir d'oublier ma situation ?

J'hésitai. Et Neo bougea enfin.

Ma main heurta le mur rigide de son torse et se referma contre les battements fiévreux de son cœur. Le désir me déchira comme un rayon de soleil déchire le brouillard. Je laissai glisser mes doigts contre ses pectoraux ciselés, puis le long de sa cravate défaite, avant de trouver son cou.

Et la peur d'avoir fait une erreur s'évapora.

Ses yeux s'assombrirent lorsque je caressais les boucles sombres sur sa nuque. Enhardie par son grondement d'anticipation, j'enfouis ma main dans ses cheveux.

Sa pomme d'Adam s'agita lorsqu'il déglutit. S'était-il approché, ou avais-je avancé ? J'étais hypnotisée par ses lèvres pleines, si délicieusement proches. La promesse d'un abandon enivrant, bien loin du chaos, du désespoir et de l'incertitude. Juste… Quelques minutes.

Je me penchai un peu plus. Seuls nos souffles erratiques résonnaient dans le silence. Une seconde passa. Deux.

Puis, avec un grognement d'impatience, il oblitéra brusquement le dernier centimètre ; nos bouches se rencontrèrent avec une ardeur douloureuse, marquée au fer rouge par une possessivité indécente, mutuelle… et sublime.

Neo mordilla délicieusement ma lèvre inférieure avant d'approfondir son exploration. Je l'accueillis avec un gémissement affamé, les mains toujours dans sa chevelure soyeuse, alors même qu'il me refusait encore ses caresses, les mains immobiles, trop proche et trop distant.

Je l'attirai à moi d'un mouvement impérieux, et un autre grognement lui échappa lorsqu'il referma enfin ses bras sur moi. Emportée dans un tourbillon de délices, je le laissai nourrir allègrement mon désir – évidemment, il embrassait comme un dieu. Une étreinte, et je perdais déjà pied. Je voulais ses mains sur moi.

Et après, je partirai. Avant d'aller trop loin. N'est-ce pas ?

Ses doigts, lents et sensuels, glissèrent jusqu'à ma taille. Une hésitation infime, puis il saisit mes hanches dans ses paumes tièdes et m'attira souplement sur ses genoux.

Mon enquête pouvait s'arrêter là. La preuve brûlante de sa virilité était pressée contre mes fesses.

En devinant mon sursaut de surprise, il interrompit notre baiser et inclina le menton vers moi, un rictus arrogant aux lèvres.

— Tu as ta réponse, commenta-t-il.

Je hochai la tête. Nous nous observâmes un instant, oscillant tous les deux au bord du gouffre… Puis nous nous retrouvâmes dans un même élan, sa main dans mes cheveux, l'autre sur ma hanche, alors que je fondais contre son corps.

Avant ce soir, je n'avais eu qu'un seul véritable amant, aussi éphémère que décevant. Le sexe était encore un mystère pour moi ; un monde dans lequel j'étais entrée avec hésitation, et que j'avais quitté aussitôt. Et mes instincts me susurraient que Neo, au contraire, était très expérimenté, capable d'offrir un cataclysme de plaisir.

Mais pas à moi. Pas aujourd'hui. Pas dans la rancœur, et pas quand notre baiser était né d'un défi plein d'amertume.

Tu peux arrêter. Maintenant.

Et pourtant… Sa bouche était magique, et sa langue, et ses dents, et son corps ne faisaient qu'enflammer la pulsation avide entre mes cuisses…

Avec un autre gémissement, j'enlaçai étroitement sa nuque pour me presser contre son corps solide. J'avais le souffle court quand il interrompit à nouveau notre baiser.

— Ce n'est pas exactement comme cela que je voyais cette conversation évoluer.

— Moi non plus.

Il me lança un bref sourire.

— Il serait peut-être plus prudent d'y mettre un terme.

Mais ses doigts emprisonnaient toujours mes hanches. Il le remarqua sans doute, car sa poigne se détendit. J'étais soudain délivrée, et la liberté avait un goût de déception.

— C'est ce que tu veux ? Que je parte ?

Sa mâchoire se crispa.

— Je devrais plutôt te demander si toi tu es prête à lâcher ta prise. Tu t'accroches à moi comme à un radeau de sauvetage.

Mes bras retombèrent le long de son cou, lents et réticents. Un frisson le parcourut lorsque mes mains frôlèrent son torse. Je relevai les yeux vers lui ; j'étais consumée par une sensation irrépressible, nuancée d'incertitude, mais embrasée par une faim colossale.

Je n'avais jamais ressenti une chose pareille. Je ne pouvais pas reculer. Je ne pouvais pas refuser une expérience comme celle-ci. Toute ma vie tombait lentement en poussière. J'avais laissé mes rêves derrière moi. J'avais accepté, dans la solitude et le silence de mes nuits trop courtes, que mon père avait peut-être raison ; que l'amour inconditionnel était une illusion. Ou pire, que je n'en valais pas l'effort.

Je voulais savourer, juste un peu plus longtemps.

— Dis-moi à quoi tu penses, ordonna-t-il.

L'autorité brute de sa voix. L'éclat tumultueux de ses prunelles. La faim non dissimulée sur son visage… Tout en lui trahissait la même clameur avide. Comme les deux parties d'un tout, magnifiques et bouleversants, nos corps se répondaient. Comment pouvais-je refuser cette perfection, découverte par hasard dans ma réalité désolée et instable ?

— Peut-être que je ne suis pas prête à lâcher ma prise. Pas tout de suite.

Il hésita une seconde. Peut-être prêt à refuser. À me refuser, moi. Mon estomac se retourna, paniqué, et je resserrai les doigts sur les pans de sa veste.

Puis, la convoitise dévasta ses dernières défenses.

Une fièvre délectable me submergea, teintée d'un triomphe que je savais dangereux. Ses doigts puissants avaient repris mes cheveux pour les délivrer de leur élastique, et, comme envoûté, il retint son souffle en y laissant glisser ses doigts.

— Tes cheveux ressemblent à un brasier, souffla-t-il, fasciné par le contraste de mes mèches sur sa peau hâlée.

Un instant plus tard, il avait retiré ma veste et m'avait fait basculer contre le dossier du canapé pour reprendre mes lèvres.

Son corps puissant se pressait contre le mien ; je m'agrippai à sa nuque avec ferveur en savourant le frisson érotique de son baiser. Un gémissement brûla sa langue et la mienne lorsque nos bassins se joignirent ; la puissance de son désir, si indéniable, me fit frémir.

— *Theos mou*, tu es irrésistible.

J'aurais aimé lui retourner le compliment, mais, dans le séisme de ses caresses, les mots me manquaient. Sa langue dansait avec la mienne, insolente et excitante, et mes pensées n'étaient plus que concupiscence.

Nous nous embrassâmes longtemps, fébrilement, jusqu'à en perdre haleine. Lorsque Neo s'arracha à mes lèvres, haletant, nos regards restèrent prisonniers l'un de l'autre. Plusieurs longues secondes passèrent, vibrantes d'intensité, à dévorer des yeux cet homme qui m'attirait plus que n'importe quel homme, cet homme que je n'aurais jamais dû toucher.

Peut-être songeait-il à la même chose ; mais l'hésitation laissa place à la détermination, et, résolument, il envoya valser sa veste et sa cravate. Ses mains chaudes saisirent mes hanches, une poigne de feu et de velours à travers l'étoffe de ma jupe, puis descendirent le long de mes cuisses, de mes mollets, jusqu'à mes chevilles. Il m'enleva mes chaussures ; les jeta, avec cette nonchalance typiquement née de l'expérience, sur sa veste luxueuse. Sans me lâcher du regard, il massa lentement mon pied, avant d'appuyer son pouce au creux de ma voûte plantaire. Un gémissement lascif vibra entre mes lèvres. Il allait me rendre folle.

Sa bouche frémit, peut-être sur un sourire retenu, comme s'il m'avait arraché un plaisant secret. Il attrapa mon autre pied, et, avant qu'il n'en ait terminé avec sa tourmente, j'étais arquée contre le dossier du sofa, abandonnée, le corps secoué par un plaisir si unique que j'en avais oublié comment respirer.

Il m'attira dans ses bras, et son odeur envoûtante me donna le vertige ; les sens électrisés, je m'accrochai à lui. Avec une ferveur égale, Neo me déshabillait fébrilement. Mon cœur battait au même rythme que son souffle erratique puis trébucha lorsque ses doigts trouvèrent ma peau nue.

Il abaissa le visage ; il s'apprêtait enfin à poser ses lèvres sur ma peau. Avant de perdre toute notion de moi-même, je tendis les mains vers lui pour le déshabiller à son tour. Je détachai les premiers boutons avec des doigts tremblants de fièvre, hypnotisée par la chair dorée qui m'attendait sous l'étoffe ; mais, quand j'arrivais au troisième, Neo se raidit et posa une main sur la mienne.

— Non.

Avant que je puisse l'interroger, il m'attira à lui et déposa sa bouche incandescente au creux de ma gorge, lèvres entrouvertes et langue brûlante contre mon pouls. J'étouffai une exclamation en sentant ses dents effleurer ma peau.

Son grognement satisfait fit pétiller sous ma chair une cascade de frissons. Il glissa une main derrière mon genou pour écarter mes jambes et se fondre au creux de leur étreinte. Je déglutis, troublée par le relief impressionnant de son érection. Il stoppa net, les yeux plongés dans les miens.

— Sadie, est-ce que c'est vraiment ce que tu veux ?

Sa voix était grave, nuancée d'inquiétude. Il voulait m'offrir une issue avant que le contrôle nous abandonne. Mais je ne voulais pas d'issue ; j'étais avec lui, prête à sombrer. Je posai ma paume sur sa joue rugueuse. Il poussa un soupir bref mais soulagé, et planta un baiser sur ma main.

J'aurais le temps de regretter ma décision plus tard ; pour le moment, je voulais boire le nectar de ses baisers jusqu'à la lie, vivre le fantasme jusqu'au bout.

— Oui. C'est ce que je veux.

Les mots magiques. Immédiatement, il fit sauter le fermoir de mon soutien-gorge. Les yeux dans les miens, il descendit les bretelles le long de mes bras. Pendant une seconde d'exquise tension, il continua de soutenir mon regard. Puis, il s'autorisa enfin à contempler ce qu'il avait révélé, et une expiration trembla sur ses lèvres.

— Tu es délicieuse, souffla-t-il.

Comme je me cambrai sous lui, sa bouche sensuelle se referma sur mon téton tendu. Sa langue experte consuma mes sens en une fraction de seconde ; le plaisir me transperça sur un cri avide. Mes doigts agrippèrent la courbe musclée de ses épaules, la solidité de son dos, impérieux dans leur effort de le retenir contre mon sein.

Sous ses caresses, j'étais électrisée par le désir, humide et ardent jusqu'au cœur de mes cuisses. Je voulais m'abandonner à sa possession, mais il avait de toute évidence l'intention de me tourmenter pendant des minutes, des heures, des siècles. Après avoir accordé toute sa dévotion à mes seins, il me retira enfin ma culotte et la jeta elle aussi avec une irrésistible indolence.

— Je veux te goûter, dit-il d'une voix rauque de convoitise.

Il écarta mon genou pour me révéler à son regard enflammé. Sous ses prunelles si expressives, si affamées, je perdis le peu de souffle qu'il me restait.

— Neo…

— Chh, *glikia mou*. N'avons-nous pas assez débattu ?

Très bien. Dans ce cas, j'optai pour toucher, pour mordiller, pour embrasser chaque muscle à ma portée, désespérément couverts par sa chemise. J'étais enchantée par les fragments rares de sa peau solaire… Jusqu'à ce que sa bouche enivrante ne se pose entre mes cuisses.

Je retombai contre le dossier du canapé avec un gémissement viscéral, abandonnée au chaos qu'il semait en moi en chuchotant de temps à autre des compliments en anglais et en grec.

Son exploration experte m'arracha un cri d'extase. Sa langue trouva le centre palpitant de mon désir et, bientôt, je n'eus plus d'autres choix que de capituler sous l'assaut d'une jouissance incendiaire. Je me perdis dans un plaisir aveuglant pendant plusieurs sublimes secondes avant de me laisser porter sur les cimes du plus pur des bien-être.

Pendant une éternité, je flottai de sensations en sensations, soudain hors de mon corps. Puis le monde me revint brusquement : la douceur de ses cheveux sous mes doigts, la chaleur de son corps coulissant contre le mien. Il avait gardé sa chemise mais retira son pantalon et son boxer. Nos regards s'accrochèrent pendant qu'il enfilait un préservatif, le visage affamé. Poussée par la curiosité, je baissai enfin les yeux sur son membre. Encore une fois, l'anxiété me submergea en découvrant sa taille ; mais, comme s'il avait pu m'apaiser avec la seule force de notre attraction, mon inquiétude s'évapora lorsqu'il se replaça entre mes cuisses.

Et pourtant je ne pus retenir une exclamation lorsqu'il s'insinua en moi. Il se figea immédiatement, attentif.

— Sadie ?

— Ne t'arrête pas, s'il te plaît.

Pendant quelques insoutenables secondes, il resta immobile, ses yeux brillant de désir retenu. Puis, il plongea en moi. Le plaisir se répandit dans mes veines, dissipant la première douleur de son incursion.

— Oui…

Le soulagement détendit ses traits, immédiatement remplacé par une voracité enivrante. Un autre coup de reins. Sa voix rauque se mêla à la mienne lorsqu'il me pénétra jusqu'à la garde.

— Ça ne devrait pas être aussi… incroyable, mais, *thee mou*, je ne peux pas te résister, marmonna-t-il.

Son aveu chuchota dans le creux de mon âme comme une victoire fugace – le sentiment que je valais finalement quelque chose, que je valais cette seconde de nirvana. Neo roula des hanches, et je me laissai engloutir par la fièvre.

— Encore… Encore, s'il te plaît.

Une pause, capricieuse et insolente, puis il attrapa mes bras et les coinça au-dessus de ma tête. Le mouvement étira mon corps sous le sien et éveilla une nouvelle acuité ; ses doigts glissèrent entre les miens. Chaque coup de reins, chaque baiser m'entraînait plus près d'un brasier divin, une flamme qui promettait de consumer tout ce que j'avais connu jusque-là.

Je voulais y brûler immédiatement ; je voulais y brûler pour l'éternité. Je voulais garder cet instant dans le creux de ma paume et le savourer lentement, alors même que l'annihilation menaçait de me submerger.

Je m'entendais gémir des suppliques sans queue ni tête, et son rythme s'accéléra. Dans la fièvre et la dévastation de notre fusion, je m'abandonnai à l'orgasme. Il enfouit son visage dans mon cou et ouvrit les lèvres sur un cri muet, le corps tremblant, décimé par sa propre jouissance.

Après la frénésie, le temps sembla s'arrêter un instant. L'intensité de notre passion exigeait peut-être une rétribution, un moment de répit et de silence.

Nos pouls ralentirent lentement. Nos souffles s'apaisèrent. Une léthargie béate s'insinua jusqu'à la moelle de mes os. Je fermai les yeux, bercée par l'accalmie.

Une accalmie que Neo brisa trop tôt.

Les mains chaudes qui avaient tenu les miennes m'abandonnèrent et, avec elles, sa tendresse étrangement intime. Neo se leva souplement, toujours en chemise. Je pris conscience de ma nudité avec un frisson.

Puis, il lâcha un violent juron en grec, et ma bulle de quiétude explosa tout à fait. Je clignai les yeux, aveuglée par les lumières du salon, et les levai vers l'homme figé devant moi. Lisais-je du remords sur son visage ?

— Que se passe-t-il ?

Les doigts enfouis dans ses cheveux sombres, Neo fit volte-face et disparut dans le couloir. L'angoisse rampa le long de mon échine comme un filet d'eau glacée. Le cœur battant, l'esprit fébrile, je finis par me lever en bondissant. Les membres encore engourdis, j'enfilai maladroitement ma culotte et mon soutien-gorge ; je tremblai encore sur le fermoir lorsque les pas vifs de Neo retentirent de nouveau dans le corridor.

Je me tournai vers lui avec une anxiété croissante, mais il m'ignora. Son indifférence me frappa de plein fouet ; je m'étais attendue à regretter mes actes, mais pas à la confusion et à la peine que m'instillait son attitude.

Avec des mouvements nerveux, si différents de la grâce animale que j'avais observée chez lui jusque-là, il ouvrit le compartiment à liqueur du bar puis changea brutalement d'avis et marcha jusqu'à la baie vitrée. Dans la pièce, le silence pulsait toujours, assourdissant. Je boutonnais ma chemise lorsqu'il se tourna vers moi.

Dans ses yeux, je trouvai une colère volcanique qui, à ma grande surprise, ne m'était pas destinée.

— Nous avons un problème, déclara-t-il.

De toute évidence, l'aveu lui en coûtait. De nouveau, j'eus l'impression distincte qu'il était furieux contre lui-même. Raide, les dents serrées, il était tendu à craquer.

— Je vois cela.

J'avais répondu d'une voix calme, mais mes vieilles angoisses s'étaient déjà réveillées : la conviction d'avoir déçu, d'avoir prouvé que je ne valais ni son temps, ni son attention. Je connaissais la chanson.

— Si tu veux me dire que tu regrettes ce qui vient de se passer, s'il te plaît, ce n'est pas la peine. Je vais partir dans quelques minutes. Tu ne me reverras plus jamais, et nous pouvons mettre tout cela derrière…

— Le préservatif a craqué.

Sa déclaration résonna comme un glas. Je restai bouche bée, les genoux flageolants, avec ma jupe de travers et ma chemise à demi boutonnée. Si ridicule qu'il en vint à hausser un sourcil, les dents serrées.

— Habille-toi, Sadie.

Mais j'étais plus préoccupée par sa révélation que par mon inélégance.

— Je… Quoi ?

— Couvre toi, martela-t-il.

— Ma nudité n'est pas responsable de notre problème, tu sais, rétorquai-je d'un ton mordant.

Malheureusement, j'avais les joues brûlantes, et il ne m'accorda qu'un rictus suintant de moquerie.

Je me détournai pour finir de boutonner ma chemise, tremblante, tout en essayant de comprendre les conséquences de cette situation. Neo ne m'avait toujours pas confirmé qu'il était stérile. Risquai-je de tomber enceinte, en plus de tous les autres problèmes qui m'attendaient derrière la porte de cet appartement ?

Et la maternité… Mon Dieu. Alors que ma propre éducation avait été si déficiente ?

Hagarde, j'enfilai maladroitement mes chaussures. Je sentais toujours le regard lourd et sombre de Neo sur moi. J'inspirai profondément puis pivotai lentement sur moi-même : je n'avais plus qu'à affronter les conséquences d'une énième décision désastreuse.

4.

Grave erreur.

Pour la première fois de ma vie, j'avais envie de fuir. Éviter l'obstacle. Ignorer que j'avais aggravé des circonstances désastreuses avec non pas une, mais deux erreurs stupides.

Ignorer qu'elle était toujours là, la preuve tangible et incandescente de mon égarement. Je n'aurais jamais dû laisser la tentation me susurrer à l'oreille de faire attendre Sadie Preston dans mon appartement, de l'inviter à dîner, de m'attarder auprès d'elle. J'avais laissé l'arrogance m'aveugler, persuadé que je parviendrais à traiter avec Sadie comme pour une négociation commerciale. Une transaction logique.

Comment avais-je pu envoyer valser ma rigueur légendaire ? Me perdre dans l'objet même de mon désespoir ? Abandonner toute précaution, si complètement que j'aurais accepté de voir le monde brûler autour de nous plutôt que de quitter sa chaleur, l'étreinte grisante de ses cuisses, le cercle soyeux de ses bras ?

Mais j'avais repris le contrôle. Un goût amer emplit ma bouche, et avec lui le souvenir d'une erreur similaire. La première et dernière fois où je m'étais laissé aveugler par la luxure. J'avais presque refusé l'invitation à cette soirée d'anniversaire dont je connaissais à peine l'invitée d'honneur… Jusqu'à ce qu'on me fasse miroiter la venue d'une des cibles plus avantageuses de Xenakis Aeronautics. J'étais venu, j'avais décroché le contrat, fini la soirée dans la débauche… auprès d'une femme qui m'avait littéralement marqué à jamais.

Je l'avais demandée en mariage à Neostros, devant mes amis et ma famille. J'étais impatient de montrer au clan Xenakis que nos diverses malédictions – cette vilaine manie de trahir son frère et son cousin, et la tendance récurrente à céder sous la pression familiale – s'arrêteraient avec moi.

Et même quand j'avais commencé à avoir des soupçons… J'avais laissé Anneka me convaincre de retourner à Gstaadt et de descendre cette fatidique piste noire.

Elle ne m'avait pas abandonné à ce moment-là, non. On dit souvent que la souffrance s'effaçait avec le temps, mais je me souvenais de mon accident avec une douloureuse acuité. Je me souvenais… De la chute libre, de la collision avec ce frêne glacé ; plus encore, je me souvenais des larmes d'Anneka et de sa main crispée dans la mienne pendant qu'elle me suppliait de tenir bon. J'étais resté conscient jusqu'à ce que les médecins décident de me plonger dans un coma artificiel. J'avais accepté leur décision, parce que je savais que ma fiancée serait auprès de moi à mon réveil.

Mais ses prières ferventes n'avaient pas été motivées par l'amour. Elle avait calculé chacun de ses gestes, chacun de ses mots, jusqu'à ce que j'ouvre les yeux et découvre sa trahison. Des mensonges qu'elle portait comme une seconde peau. Son incommensurable cupidité, son incroyable manque d'intégrité. Elle avait tenté de nier sa faute, de pleurer, de supplier, mais un Xenakis ne se laissait pas duper deux fois.

Et je m'étais juré de ne jamais plus tomber dans un piège aussi facile, aussi vulgaire.

Je baissai les yeux sur Sadie Preston.

Elle dansait d'un pied sur l'autre. Puis, lentement, elle leva le menton, en rejetant en arrière ce beau visage que j'avais tenu entre mes mains, caressé, embrassé jusqu'à ce que ses prunelles de jade étincellent.

— Tu vas continuer à me foudroyer du regard sans dire un mot ? Écoute, je sais que c'est problématique…

— Problématique ? Tu comprends qu'il n'y a pas de solution, n'est-ce pas ?

La cruauté de mon rire lui arracha une grimace.

— J'essayais juste de…

— Me réconforter ? Me faire voir le bon côté des choses ? Voilà qui explique ce petit incident sur canapé.

Ses joues s'empourprèrent, mais elle fit un pas décidé en avant, et je pouvais deviner sa colère bouillir sous la surface.

— Ne dénigre pas ce qui vient de se passer. Ce n'était pas juste un sordide « petit incident » pour moi.

— Oh ! je te croirais presque, avec un regard pareil. Quel jeu d'actrice, Sadie.

Une autre œillade féroce. Ses lèvres exquises se plissèrent.

— Je sais que je ne peux rien dire ou faire pour changer ce qui vient de se passer. Mais je parlais du préservatif, pas de la destruction de ton échantillon.

Christos. Le préservatif. Un autre désastre pour couronner la plus désastreuse des journées. Mais sans catastrophes, je ne l'aurais pas rencontrée, elle…

Skatá ! Mais qu'est-ce qui me prenait ?

Il aurait bien mieux valu que je ne croise jamais la route de Sadie Preston ! Et si mon esprit me susurrait que c'était un mensonge, il pouvait aller se faire voir.

— Pour le préservatif, au moins, je peux te rassurer. En termes de santé, tu n'as rien à craindre, et…

— Je suis censée te croire sur parole ?

Son ton critique me piqua au vif.

— Je n'ai rien à te prouver, mais sache que j'abhorre les mensonges, et un homme dans ma position serait extrêmement stupide s'il ne prenait pas les précautions nécessaires. Mon dernier check-up médical était irréprochable, et tu es la seule femme avec qui j'ai eu des relations depuis mes résultats.

Ses yeux brillèrent de surprise, mais elle n'insista pas.

— Et au sujet de… ?

L'inévitable question. Cette fois, j'étais tenu de lui répondre, mais les mots me brûlaient la gorge, traînant avec eux toute la rancœur que sa faute professionnelle m'inspirait.

— Je suis désolée, continua-t-elle, mais je ne peux pas partir sans savoir ce que je risque.

Sur son visage, je trouvai une expression familière. Même

ceux qui ne connaissaient pas les détails sordides de ma situation osaient me plaindre. J'avais banni le sujet avec ma famille, mes amis, et j'avais bien l'intention de tuer la commisération de Sadie dans l'œuf.

— Je n'ai pas besoin de ta pitié. C'est vrai, je ne peux pas avoir d'enfant. Les raisons ne concernent que moi. Quoi qu'il en soit, cela signifie que je ne peux pas remplacer l'échantillon à la clinique Phœnix, et que tu ne risques pas de tomber enceinte. Si tu as été dûment dépistée et que je n'ai rien à craindre non plus, nous pourrons mettre ce malencontreux contretemps derrière nous.

De nouveau, un éclair ambivalent de colère et de peine froissa ses traits. Elle était si expressive, chaque émotion dévoilée en un regard. Elle aurait été terriblement mauvaise au poker. Alors pourquoi continuai-je de la contempler, avide de lire ce qu'elle ressentait, ce qu'elle pensait, plantée au milieu du chaos que nous avions créé ensemble ?

— Je n'ai eu qu'une relation, pendant cinq mois, quand j'étais à l'université. J'ai pris toutes les précautions à ce moment-là. Tu n'as pas besoin de t'inquiéter.

Elle avait rétorqué sèchement mais la curiosité m'inspira une myriade de questions. J'étais un idiot. Je me fichais de savoir avec qui elle avait eu cette relation, et pourquoi ils avaient rompu, et si elle avait connu qui que ce soit d'autre depuis. Avait-elle un amant aujourd'hui ?

Thee mou, j'avais vraiment perdu la tête.

Elle avait rejoint la console où elle avait posé son petit sac à main élimé. Je restai à ma place, de peur de l'approcher de trop près – de tendre la main pour la toucher. Malgré tout, je m'autorisais à la contempler. J'avais goûté la passion et la beauté qu'elle camouflait sous ses vêtements démodés, et mon corps ne semblait pas prêt à en faire abstraction. Mes yeux suivirent la forme souple de ses mollets, la courbe délicieuse de ses fesses, l'arc de sa taille et…

Ses cheveux.

Je serrai les poings. Je ne m'étais jamais vraiment attardé sur les cheveux d'une femme, si ce n'était pour apprécier la façon dont ils soulignaient leur beauté. Mais les cheveux de Sadie étaient imprimés sur ma rétine comme une flamme aveuglante.

— J'imagine que tu veux que je parte ?

Je croisai son regard vert. Elle avait passé son sac en bandoulière. Je traversai la pièce pour appeler l'ascenseur d'un pas crispé. Un désespoir exténué aspirait les derniers vestiges de mon énergie. Je n'avais jamais connu un sentiment pareil, même en découvrant les mensonges d'Anneka. Je fermai brièvement les paupières.

— Neo…

Je pivotai vers elle, vibrant d'une tension renouvelée.

— Je ne crois pas t'avoir autorisée à utiliser mon prénom. Nous n'avons plus rien à nous dire. Tu ne peux pas réparer ce que tu as fait. À moins d'une intervention divine, tu as réduit mes espoirs de paternité biologique en cendres. Je ne veux jamais te revoir. Si tu essaies de me contacter, tu pourras dire adieu à la clémence que j'ai décidé de t'offrir, et je te traînerai en justice. C'est bien compris ?

Elle était pâle comme un linge, mais elle ne cilla pas. N'abaissa pas son menton fier.

— Parfaitement. Bonne soirée, monsieur Xenakis.

Neuf semaines plus tard

— Ne va pas travailler aujourd'hui, Sadie. Tu as l'air encore plus mal qu'hier. Je pensais qu'une bonne nuit de sommeil te ferait du bien, mais…

J'évitai minutieusement le regard inquisiteur de ma mère en me cachant derrière la porte du réfrigérateur.

— Je ne peux pas rater le travail. Et je vais bien, maman.

Je n'allais pas bien, évidemment. J'avais cru toucher le fond lorsque j'étais entrée dans l'ascenseur de Neo Xenakis en retenant mes larmes, quelques semaines plus tôt…

Mais j'avais tort.

La conviction de ma médiocrité, instillée par le départ de mon père, nourrie par le doute et les obstacles, avait triplé du jour au lendemain. J'étais hantée par ma rencontre avec Neo Xenakis. Comment avais-je osé… Osé demander à le voir, osé rester, osé le toucher ?

Pour ne rien arranger, le propriétaire de notre appartement nous avait envoyé notre avis d'expulsion.

Le compte à rebours avait commencé.

Je n'avais pas encore eu le courage de le dire à ma mère.

Je m'étais contentée de fuir.

Entre mes missions sporadiques d'intérimaire, j'avais essayé d'ignorer mes symptômes. J'étais épuisée ; j'avais cru avoir la grippe. J'avais attribué le retard de mes règles à la nervosité. Même le mois suivant, j'avais refusé de croire que le destin puisse être aussi sardonique. Que l'impossible puisse être arrivé.

Peine perdue. Je n'étais pas victime d'une gastro-entérite qui ne frappait qu'au petit matin. Non, j'avais juste découvert une variante de l'Immaculée Conception.

La vérité m'avait fait l'effet d'un coup de poing. D'abord le choc, l'incrédulité. Puis, un bref moment de fureur à l'encontre de Neo Xenakis et de ses mensonges. Et, enfin, le chagrin. Je ne savais pas où j'allais, mais je savais d'où je venais. Et ni ma situation, ni mon avenir, ni mes gènes n'étaient propices à la maternité.

Et pourtant, malgré la panique… Malgré ma jeunesse, mon travail précaire, mon toit éphémère, et une mère qui pariait en cachette sur Internet… Malgré tout, c'était l'exaltation qui primait encore.

Mon Dieu… Un bébé.

Quant à Neo Xenakis, j'étais toujours choquée qu'il ait menti si naturellement. Je l'avais cru sans hésitation. J'avais souffert pour lui, alors qu'il avait simplement profité de ma naïveté. Peut-être riait-il encore de moi en y repensant.

Avait-il deviné que j'étais aux abois, prête à tout pour m'évader quelques heures ? Avait-il voulu se venger en exploitant si vicieusement mes faiblesses ? M'étais-je donnée à un homme aussi cruel que mon père l'avait été ?

— Sadie, ma chérie, tu es pâle comme un linge.

— Je ne suis pas malade, maman. Vraiment.

J'avais parlé avec toute l'assurance dont j'étais capable, et elle laissa simplement glisser une main réconfortante le long de mon dos avant de quitter la cuisine. Absurdement, sa tendresse me donna envie de fondre en larmes.

Je clignai les paupières. J'avais une situation urgente à gérer, et la prochaine étape m'emplissait à la fois d'angoisse et de détermination : annoncer la nouvelle à Neo.

Après deux mois, ses adieux abrupts résonnaient toujours dans mon esprit. Il ne voulait plus jamais entendre parler de moi, c'était on ne peut plus clair. Mais je ne pouvais pas le laisser dans l'ignorance. Je devais essayer… encore une fois.

Mes premières tentatives s'étaient heurtées à un mur de dédain et de menaces. Les réceptionnistes avaient refusé de prendre mes appels puis m'avaient promis de bloquer mon numéro. De toute évidence, les équipes de Neo savaient que j'étais *persona non grata*.

J'avais arrêté d'appeler. Comme aller directement à la tour de Xenakis Aeronautics se serait soldé par une arrestation immédiate, je m'étais tournée vers les réseaux sociaux, où j'avais découvert une myriade d'articles plus abracadabrants les uns que les autres. Quelques semaines plus tôt, le frère aîné de Neo était revenu d'un bref séjour à l'étranger avec son épouse… dont la disparition faisait couler de l'encre depuis près d'un an. Mieux encore, Calypso Xenakis ne s'était pas contentée de réapparaître de nulle part ; elle avait aussi donné naissance à leur fils pendant son escapade. La petite famille, maintenant réunie, avait demandé aux paparazzis de respecter leur vie privée, mais Internet brassait déjà plusieurs clichés du bébé, Andreos Xenakis.

L'attention médiatique ne faciliterait pas ma démarche, mais je ne pouvais m'empêcher de me demander comment

Neo prenait le nouveau statut familial de son frère… Et plus important encore, comment il réagirait à ma révélation.

Je répugnais toujours à chercher des informations sur lui en ligne, mais j'ouvris tout de même mon ordinateur. J'avais encore une heure devant moi avant de partir au travail, et une énième tentative ne gâcherait rien. Le premier gros titre, cependant, me retourna l'estomac.

Haute voltige en Asie pour Xenakis Aeronautics

Je retins mon souffle. L'article expliquait qu'Axios Xenakis serait le fer de lance de leur expansion mondiale, pendant que Neo continuerait de gérer la branche européenne de la société… En commençant par une relocalisation de leur siège à Athènes. La nouvelle datait de deux semaines. Neo était sans doute déjà hors de portée.

En luttant contre un découragement croissant, je notai tout de même le numéro des bureaux grecs, fermait mon ordinateur et courait à la salle de bains, nauséeuse. Après une douche rapide, j'étais prête à partir au travail ; j'ouvrais la porte quand ma mère me lança de notre chambre commune :

— Oh ! Sadie, pourras-tu appeler la compagnie téléphonique ? Il faut encore débloquer mon forfait.

Je me figeai dans l'entrée, la gorge nouée. Que pouvais-je bien lui dire ? Que je ne parvenais pas à nous soutenir, ni émotionnellement, ni financièrement ? Qu'accepter ses mensonges serait une autre façon de nourrir son addiction ? J'étais incapable de la faire pleurer encore une fois, comme j'avais été incapable de la sortir de la dépression qui la rongeait à petit feu depuis le départ de son mari. Je ne pouvais pas rétorquer sans fondre en larmes, et je ne pouvais pas être en retard au travail. Je restai silencieuse et fermai la porte d'entrée derrière moi.

Je passai la matinée à classer des dossiers et à répondre au téléphone. Pendant mon déjeuner, les doigts tremblants, j'appelai Athènes.

Je raccrochai, le sang battant à mes tempes, après qu'une

voix sèche m'avait informée que monsieur Xenakis, quoique présent, n'acceptait pas les appels non professionnels.

Sur mon banc, au milieu du parc, je serrai les dents de toutes mes forces pour ravaler mon cri de frustration. Puis, poussée par une impulsion désespérée, j'ouvris la page d'une compagnie aérienne low cost sur mon navigateur. Il restait des places pour un aller-retour à Athènes le lendemain.

Acheter un billet ne ferait que réduire mon budget déjà serré, mais je n'avais pas de poste prévu sur les trois jours à venir, et je n'aurais rien à faire d'autre que de ruminer sur mon enfance médiocre, mon présent insensé, et mon avenir morose. Pas le temps de tergiverser. Je réservai le billet.

Même si je ne comprenais pas pourquoi Neo m'avait menti aussi effrontément, il méritait de savoir que j'étais enceinte. Que penserait-il ? Que j'avais fait une autre erreur impardonnable ? Refuserait-il d'entendre parler du bébé ?

J'aurais préféré que sa réaction ne m'importe pas, mais c'était peine perdue. J'étais tremblante, inquiète, une proie sur le point d'entrer dans la cage aux lions. J'allais me jeter entre les griffes de Neo Xenakis. Mais cette fois, j'étais prête à lui faire face.

Les tours vertigineuses de l'empire Xenakis s'étendaient sur plusieurs avenues au cœur d'Athènes. La sécurité était bien plus sophistiquée qu'à Londres, mais cette fois, je ne restai pas plantée devant les portes. Mes doigts tremblaient autour de la note brève que j'avais rédigée dans le taxi et glissée dans une enveloppe ; cependant, je gardai la tête haute en marchant vers le comptoir ultramoderne de l'accueil. Je tendis mon enveloppe au réceptionniste tiré à quatre épingles.

— Ce message doit être communiqué à M. Xenakis immédiatement. C'est capital.

Mon expression le convainquit peut-être ; il prit la missive et disparut sans rétorquer. J'allais m'asseoir dans un des fauteuils luxueux, parfaitement placés au milieu du hall sur un magnifique sol de marbre, au centre de l'atrium dont les galeries s'égrenaient sur trois étages.

Le contenu de ma lettre jouait encore dans mon esprit comme un leitmotiv.

Monsieur Xenakis,

Je suis en bas, dans le hall.

Je vous encourage à m'accorder dix minutes de votre temps. Je suis convaincue que vous le regretterez dans le cas contraire.

Sadie

Un avertissement impertinent qui avait autant de chance de l'appâter que d'oblitérer la pseudo-magnanimité dont il avait fait preuve à mon égard, deux mois plus tôt, lorsqu'il ne m'avait pas jetée en pâture à Wendell ou à la justice.

Comme si mes pensées l'avaient invoqué, je remarquai soudain Wendell marcher dans ma direction. Mon cœur rata un battement, mais je soutins son regard.

— Sachez que je ne partirai pas, Wendell. Vous pouvez le dire à votre patron.

Son expression ne changea pas.

— M. Xenakis va vous recevoir.

Je réprimai un mouvement de surprise et le suivis, sonnée.

Cette fois, je connaissais le calibre de l'homme qui m'attendait derrière cette autre paire de portes, dans cette autre tour vitrée. J'étais prête, certaine que les effets de sa formidable présence seraient atténués par la familiarité.

J'avais tort.

De retour dans son pays, Neo avait encore gagné en magnificence. Les rayons du soleil cascadant à travers la baie vitrée rutilaient sur ses cheveux sombres. Une barbe naissante soulignait ses mâchoires puissantes. Il avait pendu sa veste et m'attendait, seulement vêtu d'un pantalon élégant et d'une chemise immaculée dévoilant la largeur de ses épaules et la puissance de ses biceps. Son visage sculptural et cette fossette, si sexy, dans le creux de son menton, jouaient avec mon cœur. De peur que mon souffle trébuche et que ma voix disparaisse, je pris immédiatement la parole :

— Merci de m'accueillir, monsieur Xenakis.

Son regard glissa lentement, lentement sur moi.

— Mademoiselle Preston. Je commence à penser que vous avez des pulsions suicidaires. Prenez-vous un malin plaisir à tester ma patience ?

— Ni l'un, ni l'autre. Croyez-moi, je n'ai aucune envie d'être ici.

Il inclina son visage arrogant de côté, un sourcil levé.

— Je sens venir l'inévitable « mais », railla-t-il. Quelle excuse avez-vous trouvée, cette fois-ci ?

De toute évidence, il s'attendait à une pitoyable petite arnaque ; mais je ne voulais pas entrer dans son jeu.

Dis-le, Sadie. Dis-le et va-t'en.

— Je suis enceinte. L'enfant est de vous. J'ai pensé que vous voudriez le savoir.

Un silence de mort tomba sur la pièce. Après un long moment, le son heurté de son souffle crépita entre nous.

— *Christos*, tu as vraiment des pulsions suicidaires, murmura-t-il en abandonnant la mascarade du vouvoiement.

— Non, je t'assure, j'ai…

— Alors tu es complètement folle. Je ne vois pas d'autre explication pour que tu oses…

Il s'interrompit brusquement, les poings serrés. Pendant une folle seconde, je fus tentée de crier que oui, oui, j'avais sûrement perdu la tête ; sinon, pourquoi ne parvenais-je pas à détacher les yeux de lui, ni à reprendre ma respiration ?

— Va-t'en, ou je ne réponds plus de ma maîtrise de moi-même, Sadie.

Sa voix n'était qu'un murmure. Son sang-froid ne tenait plus qu'à un fil. J'avais sauté dans un avion sans oser espérer qu'il accepterait de me voir, mais je ne m'étais pas attendue à un déni aussi irrévocable. J'avais des questions et j'avais besoin qu'il me croie pour pouvoir jurer à mon bébé que j'avais fait tout ce qui était en mon pouvoir pour qu'il connaisse son père. Mais Neo avait blêmi, foudroyé, les épaules secouées par une respiration haletante, à deux doigts de la panique.

— Pourquoi ? siffla-t-il soudain.

— Pardon ?

Il avança de quelques pas, et je reconnus son expression. Celle que j'avais entrevue dans sa cuisine. Ce… désespoir.

— Pourquoi fais-tu une chose pareille ? Est-ce que quelqu'un t'a payée ? C'est une plaisanterie, peut-être ? Un pari ? Une revanche ?

— Bien sûr que non !

— Alors pourquoi ?

— Parce que c'est la vérité !

Il se rapprocha encore, le regard acéré de souffrance.

— Non, ce n'est pas la vérité. Je te l'ai dit à Londres, je ne peux pas avoir d'enfants. Il y a trois ans, les meilleurs médecins du monde m'ont annoncé la nouvelle. Et tu sais ce que j'ai fait ?

Abasourdie, je secouai la tête ; face à l'émotion glaçante que je lisais dans ses yeux, ma colère s'était évaporée.

— J'ai engagé d'autres spécialistes, plus illustres encore. Et ils sont arrivés à la même conclusion ! Et tu veux me faire croire que tu es enceinte de moi ?

Pourquoi ? Et comment ? Je clignai les yeux, abasourdie, incapable de répondre à ses questions ni aux miennes. J'humectai mes lèvres arides, la gorge nouée.

— Je ne peux pas te donner d'explication. Je ne peux que te dire la vérité.

Mon insistance ne fit qu'enflammer sa rage.

— Et ta vérité ne reposerait-elle pas sur un mensonge ?

— Je suis désolée, je ne vois pas ce que tu veux dire.

Ses mâchoires étaient durement crispées.

— Ce ne serait pas la première fois qu'une femme dans ta situation essaierait de faire passer l'enfant d'un autre homme pour celui…

— Ne termine pas cette phrase ! Comment oses-tu ?

— Comment osé-je ? C'est bien plus crédible que la « vérité » que tu essaies de me faire avaler !

— Ce qui est crédible, c'est que je te réponde avec une gifle ! Et puisque tu veux absolument parler de mensonges, qu'est-ce que tu as à dire pour ta défense ?

— Je te demande pardon ?

— Tu m'as assuré que je n'avais rien à craindre ! Que je ne risquais pas de tomber enceinte ! Que c'était impossible !

— Et j'ai un dossier médical pour le prouver ! Et toi, qu'est-ce que tu as ? siffla-t-il.

— Un bébé sorti de nulle part, apparemment ! Parce que trois tests de grossesse et une visite chez le médecin m'ont bel et bien confirmé que j'étais enceinte. Et c'est le tien !

Il secoua la tête et ouvrit la bouche pour rétorquer, mais je levai une main pour l'interrompre.

— Je me fiche que tu ne veuilles pas me croire.

— Si c'était le cas, tu ne serais pas là. Et tu ne serais pas en train de pleurer.

Quand avais-je commencé ? J'essuyai mes joues d'un geste agacé, mais la digue avait lâché, et les larmes coulaient toujours.

— Un effet secondaire des insultes ou des hormones, ripostai-je d'une voix tremblante. Peu importe, Neo. Tu méritais de savoir, j'ai fait mon devoir et je peux partir.

Exactement, Sadie. Tu peux partir. Alors va-t'en.

Mais mes pieds refusaient de bouger.

Son regard fouillait mon visage avec intensité.

— S'il y a vraiment un bébé, la nouvelle te bouleverse-t-elle tant que cela ?

— Bien sûr ! Je t'ai fait confiance et j'ai préféré croire pendant des semaines que j'étais malade plutôt qu'enceinte !

Il pâlit légèrement et me rejoignit d'un pas fébrile.

— Et qu'aurais-tu fait, si je t'avais dit le contraire ? Considéré tes autres options sans me consulter, peut-être ?

— Descends de tes grands chevaux, tu veux ? Tu n'as pas le droit de remettre en question mon intégrité. Compte tenu de la façon dont nous nous sommes quittés la dernière fois, crois-tu vraiment que je serais ici aujourd'hui, si j'avais eu la moindre intention de te le cacher ?

Cette fois, il semblait m'avoir entendue – réellement entendue. Il resta un moment silencieux, pensif, sans me lâcher du regard, puis hocha brièvement la tête.

— Tu as dit toi-même que tu avais appris ta grossesse il y a une semaine. Cela fait un peu moins de deux mois. Il n'est pas trop tard pour envisager d'autres choix. Tu es venue pour cela, n'est-ce pas ? Pour essayer de tirer avantage de la situation en me faisant du chantage ?

L'insulte me transperça, venimeuse.

— Mon Dieu, tu ne peux vraiment pas t'en empêcher !

Je n'avais pas voulu élever le ton, mais mon propre cri vrilla mes tympans ; Neo fronça les sourcils.

— Calme-toi, Sadie.

— Si tu veux que je me calme, arrête de m'accuser, Neo !

Il inspira profondément, une fois. Deux. Puis il fit volte-face en enfouissant ses mains tremblantes dans ses cheveux. En quelques longues enjambées, il avait traversé la pièce et creusé un gouffre entre nous. Je continuai de l'observer tandis qu'il se plantait devant la baie vitrée, les épaules raides de tension contenue, les yeux fixés sur les rues encombrées en contrebas. Brusquement, les dents serrées, il asséna :

— Assieds-toi. Je t'en prie.

Je foudroyai son dos du regard avant de m'installer dans un des luxueux sofas. Contrairement à son appartement londonien, que j'avais trouvé magnifique mais terriblement aseptisé, ce bureau-ci trahissait un peu sa personnalité. De magnifiques objets d'art jouxtaient des photographies de sa famille, et je remarquai même un dessin d'enfant encadré. Sur la table basse, un volume sur l'histoire maya était encore ouvert, à côté de plusieurs autres tomes sur les Aztèques. Dans un autre monde, j'aurais sans doute aimé apprendre à connaître cet homme.

Je réprimai cet accès de sentimentalisme avec détermination. Neo était revenu à son bureau, et son timbre profond roulait sur quelques phrases de grec, lancées dans l'intercom. Il reprit ensuite sa position près de la fenêtre.

Le temps s'égrena en silence jusqu'à ce qu'il se tourne vers moi, le corps vibrant d'une nouvelle résolution.

— Tu m'as dit que tu avais vu un médecin ?

— Oui. Après plusieurs tests de grossesse.

— Et ?

— Tout va bien pour l'instant.

— Tu ne seras pas surprise d'apprendre que la possibilité d'avoir un enfant ne me… déplaît pas.

Il y avait dans sa voix grave une ferveur pudique, profonde. Quelque chose s'adoucit en moi, une angoisse ou une méfiance dont je n'avais pas eu conscience jusqu'ici. Je n'avais pas osé imaginer sa réponse, mais s'il voulait bien accepter…

— Si ce bébé est bien de moi, bien sûr. Je n'en suis toujours pas convaincu.

Ah. Évidemment. Le répit avait été de courte durée.

— Tu penses vraiment que je mentirais à propos d'une chose pareille ?

J'étais de nouveau sur la défensive. Dans ses yeux, l'espoir avait laissé place à son habituel cynisme ; et quelque chose d'autre ; quelque chose de sombre et d'acéré, une froideur tombée sur ces traits comme un masque de pierre.

— Je suis riche et influent. Tout le monde connaît la prospérité du clan Xenakis. Tu ne serais pas la première à essayer de me piéger de cette façon, même en sachant que je ne suis pas capable d'engendrer.

Il était réellement persuadé d'être infertile. Malgré ma frustration, le bon sens me soufflait de voir les choses de son point de vue. Combien de scandales similaires avais-je vus dans les magazines de ma mère ?

Je perdais mon temps. Même si je criais à pleins poumons, Neo ne me croirait jamais.

Je me redressai lentement.

— Je comprends vos inquiétudes, monsieur Xenakis. Malheureusement, je ne peux pas les résoudre. J'ai un avion à prendre ; je pense qu'il est temps de nous dire au revoir.

— C'est tout ? Tu es venue m'apprendre la nouvelle et tu vas simplement repartir chez toi ?

Je lui souris légèrement.

— Oh ! pardon. J'aurais dû t'exposer mes exigences ? Demander un soutien financier ? Peut-être un petit manoir au bord de la mer pendant que je porte ton enfant ? Désolée de te décevoir. Je ne veux rien de toi.

Il eut la grâce de rougir, très légèrement.

— Ne m'as-tu pas entendu lorsque j'ai dit que je voulais ce bébé ? demanda-t-il.

— Non. Je t'ai entendu spéculer sur ta paternité et sur l'ampleur de mes mensonges. Si tu as besoin de moi, je suis sûre que Wendell saura où me tr…

— Non, la coupa-t-il.

— Quoi, non ?

Mais le bruit maintenant familier de mon estomac nous interrompit, aussi horriblement embarrassant que la première fois. Il se figea face à moi. Mes joues s'enflammèrent. En grec, il marmonna un juron.

— As-tu encore négligé de te nourrir ? s'exclama-t-il.

— C'est à cause des nausées matinales, ripostai-je, agacée. Si je mange avant une certaine heure, je suis malade.

— Il doit bien y avoir un remède.

Je levai les yeux au ciel.

— S'il y en a un, personne ne l'a trouvé.

— Alors tu préfères t'affamer ?

— Je ne le fais pas délibérément, tu sais. J'ai pris l'avion aux aurores, c'est tout.

Il piaffa d'impatience en jetant un œil à sa montre.

— Il est plus de midi. Tu n'as rien mangé depuis hier ?

— J'ai essayé dans l'avion.

— En classe économique ? dit-il avec une grimace.

— Tout le monde ne peut pas se payer un jet privé, monsieur Xenakis, susurrai-je.

— Arrête. Appelle-moi Neo.

— Idéalement, je préférerais ne pas t'appeler tout court.

— Si ce bébé est de moi, il va falloir t'y habituer.

Des petits coups retentirent à la porte. Un employé en costume entra, tendit un sachet à Neo puis s'éclipsa sans un mot. Il me dévisagea un instant puis sortit du sac un petit paquet oblong.

— Tu as fait acheter un test de grossesse ?

— En sachant que je risquais de t'offenser, oui. Accepterais-tu de le faire ?

Je ne savais pas comment interpréter la note étrange qui teintait sa voix, l'émotion muette qui rôdait sous la surface. Je ne comprenais pas la dualité que je devinais chez lui ; la tendresse secrète, cachée derrière un scepticisme si acerbe. Mais, pour le moment, j'étais prête à accepter le *statu quo*.

— D'accord. Seulement pour te prouver que je ne suis pas une menteuse.

Je tendis la main, mais il hésita encore un instant.

— Ce n'est qu'un examen préliminaire. Je demanderai un test de paternité quand cela sera possible.

Un petit rire moqueur m'échappa.

— Évidemment. Tu es vraiment incroyable, tu sais ?

— *Ne*, on me le dit souvent, lança-t-il du tac au tac.

— Je te préviens, je n'accepterai aucun test qui puisse mettre en danger le bébé.

Pendant une seconde, toute son ironie s'évapora.

— Tu as déjà pris ta décision, alors ? Tu as l'intention de le garder ? murmura-t-il.

— Tu crois que j'ai pris un avion bondé à 5 heures du matin et provoqué le chef de ta sécurité en duel pour venir te prévenir que j'allais interrompre ma grossesse ?

Le regard de Neo était tombé sur mon ventre, étincelant d'une émotion… sacrée. Ardente.

— Tu sais que j'ai autre chose à faire que te harceler, n'est-ce pas ? continuai-je. J'ai une vie, un travail, une mère dont je dois m'occuper…

Je me tus brusquement, mais il était trop tard. Il avait déjà plissé les yeux, prêt à bondir sur mon aveu involontaire.

— Tu dois t'occuper de ta mère ? De quoi souffre-t-elle ?

— Ce ne sont pas tes affaires.

— Permets-moi d'en douter. Si ce bébé est de moi…

Je balayai le reste de sa phrase d'une main agacée.

— Arrête avec tes « si ». Donne-moi le test, qu'on en finisse, lui ordonnai-je.

Il m'obéit en plissant les lèvres puis me guida dans le grand couloir privatisé qui jouxtait son bureau ; devant moi, sa silhouette puissante bougeait avec la même grâce que dans mon souvenir. Il poussa une élégante porte noire et me fit entrer dans sa salle de bains, une pièce épurée, étincelante, embellie par un sol poli et un immense miroir. Je me détournai de mon reflet trop pâle, de mon regard trop fragile, et m'engouffrai dans la cabine des toilettes.

Je sortis au bout de quelques minutes.

Il était toujours là, à quelques pas de la porte, patient et solennel. Son regard gris fixait le rectangle en plastique. À l'idée que je m'apprêtais à changer l'existence de Neo Xenakis, quelque chose trembla dans ma poitrine. Mais il s'empressa de dissiper ma compassion en tendant vers le test une main autoritaire.

Je le lui abandonnai sans ciller.

Il baissa les yeux sur la bande bleue et déglutit.

J'observais avec fascination son sang-froid se déliter. Il se balança d'un pied sur l'autre, et ses doigts tremblèrent autour du test comme s'il avait été la clé de tous ses désirs. De peur de m'adoucir, je repris aussitôt la parole.

— Comme tu peux le voir, je suis enceinte depuis plus de quatre semaines.

Je ne me faisais pas d'illusion. Même s'il finissait par me croire, même si j'effaçais ses doutes, il conclurait sans doute qu'il n'était pas prêt à assumer la paternité de ce bébé. Que ma grossesse était une erreur. Que je ne méritais pas de porter son enfant.

Il ne me répondit pas immédiatement. Lorsqu'il releva son regard orageux vers moi, sa voix était rauque d'émotion.

— Cela me suffit pour l'instant.

Puis, il tourna les talons et quitta la pièce.

5.

Je ne savais pas où mes pas me menaient ; j'étais seulement empli de la confirmation qu'il y avait bien un bébé, peut-être mon bébé. C'était… C'était trop beau pour être vrai. Une intrigue digne d'un film dramatique.

La femme que j'avais maudite était-elle vraiment de retour, malgré les conclusions médicales des meilleurs experts du monde, malgré mes avertissements, prête à m'offrir un miracle sur un plateau d'argent ? Ou faisais-je face, une fois encore, aux manigances d'une Anneka ? Quelles étaient les chances que la foudre tombe deux fois au même endroit, et sur le même homme ?

Je serrai les dents. J'avais besoin de certitudes. Cette fois-ci, je ne laisserais rien au hasard. Je devais garder mon calme ; l'expérience prouvait que Sadie me faisait trop facilement perdre la tête.

Non pas que je regrette d'avoir écouté mes instincts, quelques semaines plus tôt. Pas dans ces circonstances. Pas si Sadie disait la vérité. Un éclair euphorique me transperça, douloureux d'intensité.

Je le réprimai brutalement.

Reste rationnel.

Sadie savait que j'étais un homme puissant. Elle savait que mon équipe de sécurité ne manquerait pas de me fournir toutes les informations dont j'avais besoin. Elle ne se risquerait pas à mentir, alors qu'il serait si facile de la prendre sur le fait, n'est-ce pas ?

Derrière moi, un toussotement me ramena à la réalité. Sans m'en apercevoir, j'avais ouvert le tiroir verrouillé par un pavé tactile pour glisser le test de grossesse avec mes documents les plus confidentiels. J'avais besoin de cette preuve tangible.

De nouveau, j'étais submergé par un bonheur indescriptible. Un enfant. Mon enfant. Mais cette fois, le sentiment était mâtiné d'une angoisse trouble. Je ne savais pas ce que voulait dire être père, pas vraiment. J'avais été envoyé au pensionnat dès mon plus jeune âge, puis vécu sur le campus de l'université. Pendant mes rares moments en famille, j'avais vu mon grand-père sombrer dans le travail, mon frère et mon père se déchirer pour sa succession.

J'avais toujours été tenu à l'écart des querelles et j'avais profité de cette froide tranquillité pour apprendre tout ce dont j'avais besoin pour exceller dans mon domaine.

Mais certainement pas pour m'occuper d'un enfant.

— Bien. Je crois que nous en avons terminé, alors ? s'enquit Sadie, à quelques pas du bureau.

Terminé ? Oh ! certainement pas.

— Loin de là.

— Je ne suis pas sûre…

— J'ai bien l'intention de participer à l'éducation et au bonheur de ce bébé. Et cela commence maintenant.

Je me détournai pour passer un rapide coup de téléphone ; quand je raccrochai, elle s'était approchée de quelques pas. Ses yeux étincelaient de questions encore tues. Le choc avait un peu adouci l'effet stupéfiant que sa beauté avait sur moi, mais pour une courte durée. Maintenant que mon plan d'action prenait forme, je ne pouvais ignorer la réaction que sa proximité attisait.

Elle portait une robe d'été blanche, simple et modeste. Sa peau était lumineuse et délicate. Mes doigts brûlaient de la toucher, de la caresser, *Christos*, et de poser mes lèvres dans le creux de son cou et sur ses lèvres roses qu'elle mordillait en m'observant. Ses cheveux avaient poussé, depuis deux mois ; même attachés, ils retombaient, épais et flamboyants, jusqu'au milieu de son dos ; j'aurais aimé les délivrer et me perdre dans leur parfum subtil.

— Dis-moi précisément ce que tu as l'intention de faire, Neo.

Il y a moins de vingt minutes, tu étais au bord de l'apoplexie et persuadé que je te menais en bateau.

Je me forçai à étouffer le désir fou qu'elle m'inspirait. Depuis cette nuit à Londres, j'avais tenté de m'intéresser à mes anciennes compagnes de débauche, en vain. J'avais maudit Sadie Preston, j'avais espéré l'oublier dans les bras d'une autre… Et j'étais resté parfaitement indifférent à quiconque n'était pas elle.

— Comprends bien que j'ai l'intention de prendre toutes les précautions nécessaires.

— Neo, je te l'ai déjà dit, je voulais juste t'annoncer la nouvelle. J'aurais préféré le faire par téléphone, mais tu filtrais mes appels.

J'ignorai la honte qui me picotait la nuque.

— Certes. Mais à partir de maintenant, tu pourras me contacter nuit et jour, je m'en assurerai.

Dans ses yeux passa l'éclair fugace d'une excitation étincelante ; une excitation qui ne fit qu'attiser la mienne. Elle tenta de déguiser sa réaction sous un ton neutre :

— J'imagine que d'autres trouveraient cette offre alléchante, mais je ne crois pas que nous ayons besoin de beaucoup communiquer.

Je ris doucement.

— Je ne vois pas ce qu'il y a de drôle, dit-elle sèchement.

L'émerveillement ? Ou l'appréhension ? Ou l'impatience, brute et nue ? La panique ? La cascade de mes émotions menaçait de me faire chanceler.

— Tu portes mon enfant, Sadie.

— Alors tu me crois ?

Le rappel était brutal. Je ne pouvais pas laisser l'histoire se répéter. Je fronçai les sourcils, dégrisé.

— Les tests de paternité *in utero* présentent trop de risques. Nous attendrons la naissance du bébé.

— Comment le sais-tu ?

Je retins tout juste une grimace.

— Peu importe. Veux-tu rester un peu plus longtemps ? Déjeuner avec moi ?

Elle croisa les bras, méfiante.

— Pourquoi ?

— Tu as besoin de manger, non ?

Le souvenir de notre dernier dîner dansait entre nous, flamboyant et torride. Ses joues rosirent, et elle baissa les yeux, mais j'aurais voulu relever son menton, voir la preuve de notre alchimie dans son regard vert.

— Cela ne veut pas dire que je dois déjeuner avec toi…

Un autre sourire m'échappa, sans raison. Pourquoi aimais-je tant la titiller ?

— Je ne souillerai pas ton repas de ma présence, si tu préfères, susurrai-je. J'ai encore du travail.

Pour mieux ponctuer ma proposition, deux coups brefs retentirent à ma porte. Elle plissa les yeux.

— Tu as déjà commandé à manger, pas vrai ?

— Au cas où tu accepterais de rester déjeuner, bien sûr.

— Tu ne laisses vraiment rien au hasard, hum ?

Elle avait riposté durement, visiblement agacée, mais elle se dirigea néanmoins vers les canapés. Et elle ne croyait pas si bien dire. Je ne laissais rien au hasard. J'avais bien l'intention de découvrir la vérité, méticuleusement, distinctement, et si cet enfant était le mien… De revendiquer ce qui me revenait de droit.

Pendant deux heures, je tentai d'ignorer sa présence troublante. J'étais douloureusement conscient de chaque bouchée, chaque mouvement de son corps voluptueux, chaque glissement de ses cheveux incandescents. J'étais torturé par une faim viscérale, une faim que je maudissais de tout mon être. Allais-je donc me laisser manipuler par mes pulsions, alors que j'avais déjà payé le prix de mon manque de discernement ?

D'abord Anneka, avec son masque d'innocence, et maintenant cette sirène aux yeux si expressifs ? Pitié.

— Combien de temps vas-tu me foudroyer du regard ? s'enquit-elle avant de me foudroyer du regard à son tour.

Soudain décidé, je la rejoignis à grandes enjambées. Elle résisterait d'abord à mes projets, bien sûr. La simple notion d'un autre duel avec elle fit courir un frisson d'excitation le long de mon échine. Elle écarquilla ses beaux yeux verts, et je retins un sourire en sentant son regard courir sur mon corps. Savait-elle combien elle était ensorcelante, le visage levé vers moi, une moue boudeuse aux lèvres, la perfection soyeuse de sa gorge offerte à la moindre caresse ? Je m'étais arrêté à quelques pas d'elle et, pendant quelques secondes, nous nous dévisageâmes en silence. Puis, elle se reprit brutalement et bondit.

— Je vais y aller. Si j'ai de la chance, j'arriverai peut-être à prendre un vol plus tôt que prévu.

— Nous avons encore beaucoup de choses à planifier.

Elle marqua une pause.

— Comme quoi ?

— Comme ton emploi, par exemple. As-tu trouvé une autre position depuis ton licenciement ?

— Pas permanente, non. Je travaille en intérimaire.

J'inspirai doucement, profondément.

— D'accord… Et vas-tu m'expliquer pourquoi tu dois t'occuper de ta mère ?

Elle releva le menton, farouche.

— Non. Cela ne te concerne toujours pas.

— Le bien-être de mon enfant est primordial, Sadie. Rien ne pourra m'empêcher d'assurer sa sécurité et son confort. J'espère que tu en es consciente ?

— Et tu as besoin de fouiller dans ma vie pour y parvenir ? riposta-t-elle.

— J'ai l'intention de soulager tes inquiétudes et tes difficultés afin que tu te concentres sur ta santé.

Ma réponse sembla la désarmer.

— Tu ne peux pas… Tu ne peux pas faire ça.

— Vraiment ? Et comment vas-tu m'en empêcher ?

Mon défi enflamma de nouveau sa colère. Ses yeux étincelèrent de révolte.

— Une ordonnance de non-communication ?

— Je pourrais te rendre la pareille, susurrai-je.

— Tes menaces commencent à me fatiguer, tu sais ?

Le reproche était clair, et le souvenir de mon comportement, deux mois plus tôt, laissait sur ma langue un goût de regret. Je secouai la tête.

— J'ai mal réagi, j'en suis conscient et j'en suis navré.

Elle fronça les sourcils, manifestement surprise. Le silence pesa entre nous un moment.

— La nouvelle n'était pas facile à entendre et je comprends que tu aies voulu prendre tes distances aussi vite que possible, dit-elle enfin.

Mais lorsque ses yeux lumineux accrochèrent les miens, ils débordaient d'une réminiscence bien différente, encore torride d'intensité. Les images de notre étreinte avaient rôdé entre nous depuis son arrivée ; à cet instant, elles crépitaient furieusement et faisaient fondre dans mon ventre une coulée de désir en fusion.

Presque aussitôt, néanmoins, elle fit un pas en arrière.

— N'en parlons plus. Je ne veux pas rater mon avion. Pourrais-tu me laisser passer ?

Je m'écartai, les veines en ébullition, et m'accordai un moment de répit pour reprendre mon souffle.

Elle referma la porte derrière elle. Inspire, expire. Une seconde plus tard, j'étais de retour derrière mon bureau, le doigt sur l'intercom. Une poignée d'instructions à mon assistant, et je sortis à mon tour ; elle était déjà dans l'ascenseur. Son regard brillant de triomphe lorsque les portes de métal se fermèrent entre nous. J'en appelai un autre, troublé par le sourire amusé que je sentais sur mes lèvres. Était-ce vraiment le moment de plaisanter ?

Quand Ax m'avait annoncé la naissance de son fils, une jalousie injuste et déchirante avait insidieusement gâché le bonheur de voir mon frère si heureux et d'accueillir un neveu. Mais j'avais vu combien Axios avait souffert d'avoir manqué les premiers mois de son bébé. Je ne laisserais rien me séparer du mien. Je voulais être auprès de lui à chaque seconde.

S'il était de moi.

Sept mois. Sept mois de patience pour une chance d'être père. Je saurais attendre.

Elle fit volte-face à l'instant où je débouchai dans le hall, sa longue queue-de-cheval comme un lasso de feu que j'aurais aimé ceindre autour de mon poignet.

— Vraiment ? Tu as demandé à tes sbires de m'arrêter à l'entrée ? siffla-t-elle.

— Pas du tout. Wendell a simplement été informé que je voulais t'emmener à l'aéroport. N'est-ce pas, Wendell ?

L'ex-militaire, plus stoïque que jamais, inclina le menton.

— Précisément, monsieur Xenakis.

Lorsque je lui tins la porte, elle sembla étonnée. Comment les hommes de sa vie l'avaient-ils donc traitée ? De toute évidence, pas assez bien, si un peu de galanterie la laissait pantoise. Et qu'en était-il de sa mère ?

Je ne savais presque rien de Sadie. Machinalement, je posai une main sur ses reins pour la guider à la voiture, mais elle sursauta et chancela au bord du trottoir. Avec un mouvement preste, je saisis son bras pour la stabiliser.

— Attention, *pethi mou*.

— Je… Tu m'as surprise, c'est tout.

Sa peau diaphane s'empourpra et elle baissa les yeux. Sous mon regard captivé, l'éventail de ses longs cils faisait jouer des ombres sur ses pommettes adorablement colorées.

La voiture se matérialisa devant nous. Je fis signe au chauffeur de rester à sa place et lui ouvris la portière. Avec une autre œillade perplexe, elle se glissa à l'intérieur. Je la suivis en crispant les mâchoires, tourmenté par la salve de concupiscence que m'inspirait sa jambe nue, à quelques centimètres de la mienne.

Cependant, elle s'installa à l'autre bout de la banquette, une épaule calée contre la vitre. Je haussai les sourcils. Étais-je donc si… effrayant ?

Oui. Sans aucun doute. La dernière fois que je l'avais vue, j'avais menacé de la jeter dehors, menottes aux poignets. J'avais été colérique et injuste… Et, malgré cela, Sadie m'avait tenu tête, il y a deux mois, et aujourd'hui encore.

Son courage m'inspirait le respect, je ne pouvais pas le nier. Mais je ne pouvais m'y laisser prendre, pas sans avoir le fin mot de ses motivations.

Et si elle m'avait menti… ? Une angoisse béante pulsait dans ma poitrine. Assez troublante pour que je l'évite et l'enfouisse, comme on évite un obstacle. Je ne voulais pas affronter cette souffrance pour le moment. Pas tout de suite. J'aurais tout le temps de la regarder en face si mes craintes étaient avérées.

Après tout, il valait mieux me concentrer sur l'attaque unilatérale que je m'apprêtais à lancer.

— Xenakis Aeronautics développe son marché en Amérique latine – particulièrement au Brésil et en Argentine. Mais mon équipe marketing a des difficultés à élaborer une stratégie viable pour notre prochaine campagne publicitaire.

Une lueur d'intérêt dansa dans ses yeux.

— Quel est le problème ?

— Il y a six mois, nous avons bêtatesté avec succès une nouvelle cabine d'avion de ligne, mais l'intérêt est retombé au bout d'un trimestre.

— Et quels sont ses avantages ? En quoi est-elle différente des autres cabines d'avion de ligne ?

Se rendait-elle compte qu'elle s'était penchée en avant ? Que son visage rayonnait d'intelligence et de curiosité ? De toute évidence, le sujet la passionnait ; qu'est-ce qui avait bien pu la pousser à mettre ses études en pause, dans ce cas ?

— Elle se compose de petites suites. Mieux que la première classe, et financièrement accessibles pour les passagers avec un certain budget.

— J'ai déjà vu ce genre de choses sur d'autres lignes. Si vos cabines n'ont que deux places…

Elle s'interrompit en me voyant secouer la tête.

— Elles peuvent abriter deux à six passagers.

Elle écarquilla les yeux.

— Oh ! c'est génial. Mais j'imagine que ton équipe voulait cibler des clients riches comme Crésus ?

— Quelque chose comme cela, oui.

Elle fronça son joli nez.

— Ce qui soulève une question fondamentale. Pourquoi un milliardaire voyagerait-il sur une ligne publique, aussi luxueuse que soit sa cabine, alors qu'il pourrait utiliser son propre jet ? Seulement pour la nouveauté et l'exclusivité, deux facteurs qui perdent de leur intérêt au bout de quelques voyages. Je suis sûre que ça explique la chute de vos chiffres. Il faut repenser la cible. Puisqu'elles peuvent accueillir jusqu'à six personnes, pourquoi ne pas viser une autre niche démographique ?

Touché, coulé.

— Que ferais-tu si tu étais à la tête de l'opération ?

Son visage s'anima plus encore, illuminé par un sourire.

— Oh ! c'est simple. J'insisterais pour cibler les jeunes familles. La génération Y commence à avoir des enfants, et certains brassent déjà des fortunes. Une suite serait le parfait compromis entre le confort et l'intimité. Il n'y a rien de pire que d'avoir un enfant derrière soi sur un vol commercial et de l'entendre crier et donner des coups de pied pendant des heures. Je ne peux même pas imaginer combien la situation doit être difficile pour leurs parents. Ils doivent s'occuper des petits et s'excuser auprès des autres passagers. Alors pourquoi ne pas promouvoir tes cabines comme un havre de paix, en plus d'un signe d'exclusivité ? J'imagine que tes cabines sont à l'étage, comme les autres du genre ?

J'étais presque piqué qu'elle connaisse mieux les produits de mes concurrents que les miens.

— Non, pas seulement. Les suites X sont parfaitement insonorisées.

Elle hocha la tête avec enthousiasme.

— Un argument de poids pour les familles qui peuvent se permettre une telle dépense. Si vous proposez un programme de fidélité, les passagers pourraient espérer accéder aux suites avec un certain nombre de points. Cela ne ferait que booster l'intérêt de vos clients.

— Le programme de fidélité de Xenakis Aeronautics est l'un des meilleurs de l'industrie.

— D'accord, mais est-ce que passer de la classe affaires à la première classe demande une hausse des points exorbitante, comme pour toutes les compagnies aériennes de luxe ?

Sous son regard amusé, je fis la moue.

— Disons que j'ai raison, continua-t-elle. Dans ce cas, j'offrirais à la cible démographique visée la possibilité d'essayer les suites pendant une période limitée, en récompense de leur fidélité. Avec tout cela, je suis certaine que la clientèle des suites augmenterait régulièrement.

— Certaine, vraiment ? dis-je d'un ton de défi.

Elle était sur le point de riposter lorsqu'elle jeta un coup d'œil par la fenêtre et étouffa une exclamation de surprise.

— Que faisons-nous ici ?

— Tu voulais rentrer en Angleterre, n'est-ce pas ?

— Oui, mais pas en jet privé !

— Nous avons environ trois heures de vol, sans compter le trajet jusque chez toi. Nous pourrons en profiter pour discuter de ce qui nous attend.

— Tu… me ramènes avec ton avion ?

— Je préfère t'épargner l'inconfort d'un retour en avion bondé après avoir provoqué en duel le chef de ma sécurité, rétorquai-je sans pouvoir retenir un sourire.

Elle rougit légèrement, si proche que j'aurais pu la toucher. Je me déplaçai discrètement en priant pour que mon sang cesse de filer vers mon bas-ventre.

— Mais…

— Mon pilote nous attend déjà. Nous allons bientôt décoller. Peut-être pourras-tu m'expliquer tes objections quand nous serons installés ?

— Cela va un peu à l'encontre de l'effet recherché, tu ne crois pas ? marmonna-t-elle en levant les yeux au ciel.

— Tu tiens tant que cela à la classe économique ?

— Très bien. Tu as gagné.

— *Efkharisto.*

— Je ne sais pas ce que cela veut dire.

— Cela veut dire merci.

— Oh. Oh ! je… De rien.

J'avais peut-être gagné cette bataille mais j'étais étrangement réticent à l'idée de sortir de la voiture… D'abandonner si vite cet instant de complicité. Je retins une grimace et poussai la portière en me jurant que je ne lui offrais ma main que par politesse.

Elle y glissa la sienne mais me lâcha immédiatement après avoir posé le pied sur le tarmac. Elle me précéda dans l'escalier qui menait au hangar. Le vent agitait ses cheveux et collait sa robe blanche à ses hanches ; juste derrière elle, avec un tiraillement brûlant de désir, je déglutis. Si mon plan fonctionnait, la tourmente ne faisait que commencer.

Lorsque nous entrâmes dans l'avion, je l'observais toujours attentivement. Ceux qui avaient le rare privilège de voyager dans le jet des Xenakis salivaient dès qu'ils découvraient son intérieur incroyablement opulent. L'Airbus était absolument immense, avec un pont supérieur et inférieur, et des équipements pour satisfaire les goûts les plus extravagants. Suites richement meublées, salles de conférences, divertissements en tout genre… et même un cinéma doté d'une vingtaine de fauteuils.

Anneka avait toujours adoré voyager dans ce concentré de faste ; elle avait insisté pour l'utiliser plusieurs fois par semaine pendant nos fiançailles. Bien sûr, j'avais découvert plus tard à quoi rimaient ces voyages…

Mais Sadie n'accorda qu'un regard hâtif aux couvertures en cachemire, au mobilier sur mesure, aux moquettes Aubusson. Indifférente, elle se dirigea vers un fauteuil. Je m'apprêtais à la rejoindre lorsque mon portable vibra. Je croisai le regard du steward.

— Assurez-vous que Mlle Preston a tout ce dont elle a besoin.

— Bien sûr, monsieur Xenakis.

À regret, je m'éloignai pour décrocher… Et passais les deux heures suivantes à finaliser la stratégie qui nous assurerait, à Sadie Preston et à moi-même, d'être en parfait accord. Quand l'avion atterrit à l'aéroport privé, au nord de Londres, j'étais satisfait de mes décisions. Encore une poignée d'obstacles, tout au plus, et ma proposition serait irrésistible.

Mais d'abord, je devais rencontrer Martha Preston. La mère de Sadie, dont elle avait hérité les cheveux roux et le visage expressif, nous ouvrit la porte de son appartement avec une exclamation de surprise.

— Vous devez être madame Preston, dis-je. Je m'appelle…

— Mon Dieu ! Neo Xenakis ! Bien sûr, entrez !

Elle s'effaça avec empressement. Sadie secoua la tête.

— Maman…

— Quelque chose ne va pas ? s'enquit Martha en nous guidant dans le couloir, le regard scintillant d'excitation. Quand tu as dit que tu partais toute la journée, j'ai cru que c'était pour le travail, pas pour… Oh ! vraiment, je… Oh ! bienvenue chez nous, monsieur Xenakis !

— Merci, murmurai-je en tentant de réprimer le frisson d'horreur que m'inspirait l'appartement.

Non, pas un appartement. Ce placard à balais humide et vétuste n'était même pas digne de l'appellation. Il était hors de question que Sadie reste une heure de plus ici.

— Puis-je vous offrir à boire ? Du thé ? Du café ? De…

— Il ne reste pas, maman. Il est très occupé. N'est-ce pas ? lança Sadie avec une pointe de menace.

Martha Preston ignora sa fille. Son sourire s'élargit quand je croisais son regard. *Kalos*, elle serait plus facile à convaincre que sa progéniture.

Je les suivis dans le salon encombré et retins un sourire amusé. Des piles de magazines en tout genre couvraient toutes les surfaces ; dans la pièce morose, seul le canapé dispensait un peu de couleurs vives. La mère et la fille échangèrent un regard avant de se tourner vers moi.

— Je ne vais pas pouvoir prendre un café aujourd'hui, madame Preston. Mais j'ai quelque chose à vous demander.

Elle écarquilla des yeux aussi verts que ceux de sa fille.

— Bien sûr. Tout ce que vous voulez.

Sadie fronça les sourcils. Ouvrit la bouche.

Je la coupai sans une once de pitié :

— J'espère que vous me pardonnerez mon impatience. J'aimerais vous demander la permission d'épouser votre fille.

Sa demande éclata comme un coup de tonnerre, une décharge électrique qui ne m'empêcha pas de faire volte-face vers l'homme fou à lier que j'avais fait entrer chez moi.

— Quoi ? Est-ce que tu as perdu la tête ?

— Sadie ! Ne sois pas impolie ! Je ne t'ai pas éduquée comme cela. Je suis vraiment navrée, monsieur Xenakis. Appelez-moi Martha, je vous en prie.

Ma mère continua de minauder sous le nez de Neo, qui, grand seigneur, m'accorda son pardon d'un hochement de tête magnanime. Je serrai les dents, furieuse. Sa plaisanterie était aussi stupide que cruelle.

— Maman, s'il te plaît, ne t'excuse pas pour moi. Et oublie ce que M. Xenakis vient de dire, il ne le pensait pas.

Je lui lançai un regard venimeux ; mais je ne trouvais sur son visage qu'une détermination implacable qui, étrangement, fit courir sur mon échine un frisson d'exaltation. Avant que mon bon sens ne reprenne le dessus.

— C'est Neo, Sadie. Tu sais que tu ne pourras pas continuer de m'appeler monsieur Xenakis quand nous serons mari et femme, n'est-ce pas ?

— Comme cela n'arrivera pas, la question ne se pose pas.

Mais sous la civilité de son sourire, minutieusement cultivé pour ma mère, je devinais toujours sa résolution féroce. Un pressentiment rampa sous ma peau : étais-je vraiment capable de combattre une volonté d'acier comme celle de Neo ? Que manigançait-il ?

Il s'était de nouveau tourné vers ma mère, suave.

— C'est une surprise, j'en suis conscient. Et il est tard. Je ne veux pas vous déranger plus longtemps, Martha. Me laisserez-vous vous rendre visite bientôt ?

— Bien sûr !

Pour la première fois depuis des semaines, des mois, la brume à laquelle ma mère se raccrochait pour ne pas affronter la réalité semblait s'être dissipée. Son regard étincela, vif comme l'airain, lorsqu'elle le leva vers Neo.

— Quant à votre requête, j'aimerais en parler avec ma fille

avant de vous répondre. Quand je saurai ce qu'elle désire, je vous donnerai ma bénédiction avec plaisir.

Sa réponse n'intimida pas Neo ; au contraire, elle ne fit que nourrir sa ténacité. Souverain et bon joueur, il lui offrit un sourire acéré.

— Parfait. Puis-je m'entretenir avec votre fille un instant ?

Est-ce que ma mère venait de rougir ? Mon Dieu. Elle nous quitta bien vite. Je traversai la pièce à mon tour, incapable de rester si près de lui et de garder mes esprits. Je me tournai vers lui, bouillonnant de colère.

— Je ne sais pas à quoi tu joues, Neo, mais…

— Je t'ai prévenue. J'ai l'intention de faire tout ce qui est en mon pouvoir pour ce bébé.

Sa voix n'était plus amusée ni enjôleuse, mais froide, rationnelle. Chaque mot, réfléchi et calibré pour arriver à ses fins. Comme dans son bureau, deux mois plus tôt. Un frisson me parcourut, comme les ailes d'un souvenir auquel je n'avais pas le droit de m'adonner – pas maintenant, quand toutes mes défenses et toute ma volonté devaient s'élever contre son despotisme.

— Et qu'est-ce que tu as l'intention de faire ?

— J'assure ma succession.

— Ta succession ? Tu n'es même pas convaincu que ce bébé soit de toi !

Il haussa les épaules.

— Dans le doute, et jusqu'à ce que nous puissions obtenir des preuves, nous partirons du postulat que je suis son père.

— Oh ! roucoulai-je, vraiment, c'est trop d'honneur.

Le sarcasme ricocha sans atteindre sa cible.

— Tu as pris l'avion et tu as voyagé jusqu'en Grèce pour me convaincre. Je te retourne la faveur.

— Non, t'imposer dans ma vie avec la subtilité d'un bulldozer n'est pas une faveur, Neo. Surtout quand tu n'as aucun respect pour ce que je veux.

Il haussa un sourcil et croisa les bras.

— Très bien. Je t'écoute. Dis-moi ce que tu veux.

Par où commencer ? Lui marteler que mon vœu le plus cher

était de le voir partir ? Il serait de retour le lendemain. Il était bien possible que Neo Xenakis soit aussi têtu… que moi. Et voulais-je vraiment qu'il disparaisse ?

Évidemment, il avait pris mon bref silence pour une invitation. Il reprit la parole :

— Laisse-moi essayer. Veux-tu un foyer stable pour notre enfant ?

— Bien sûr que oui.

Avec une insupportable arrogance, satisfait d'avoir déjà marqué un point, il hocha la tête.

— Quoi d'autre, Sadie ? s'enquit-il.

Sa voix s'était faite soyeuse. Dangereuse. Je me raidis.

— Je veux ce que tout le monde veut. Un toit au-dessus de ma tête et pouvoir payer mes factures.

Il embrassa la pièce d'un regard neutre.

— J'ai plusieurs toits. Tu pourras choisir celui que tu préfères.

Je restai bouche bée. Il n'avait pas terminé.

— As-tu vraiment l'intention de finir tes études ?

— Bien sûr.

— Alors rien ne t'en empêcherait, si tu acceptais de voir les choses de mon point de vue. Quant à ta mère…

— Cela ne te concerne toujours pas.

— Très bien. Au moment venu, si tu confirmes mes soupçons, nous nous en chargerons également.

Tout ce que je voulais. À portée de main en un claquement de doigts. Aussi simple que ça. Je fermai les yeux.

— C'est pour cela que tu m'as fait attendre dans ton bureau tout l'après-midi et que tu m'as ramenée jusqu'ici, pas vrai ? Pour jouer avec ma vie comme on joue aux échecs ? Te rendre indispensable en effaçant toutes mes difficultés ?

— J'ai simplement pris le temps de sécuriser mes projets.

— Je n'ai pas besoin de ta charité !

— Non, mais ce qui nous arrive est un miracle. Ce bébé est un miracle. Et je ne peux pas le laisser me glisser entre les doigts.

Qu'avais-je décelé sur son visage ? Était-ce du… du respect ? De l'admiration ? Plus encore, l'implacable détermination était de retour. Je ne savais pas si j'étais horrifiée, furieuse, ou admirative, mais la trame de son stratagème se refermait sur moi comme un piège.

— Tu réfléchis trop, Sadie. J'ai juste décidé d'éliminer les obstacles qui pourraient se dresser sur notre route. Tu as des besoins. Je peux les satisfaire. C'est aussi simple que cela.

Comment pouvait-il être aussi présomptueux ? Et, bien sûr, il avait deviné mes désirs les plus chers à la perfection. Mais ce qu'il suggérait était impensable.

L'épouser ? Non, non, et non.

— Je peux t'offrir tout ce que tu veux, Sadie.

Je me mis soudain à rire, peut-être pour évacuer la tension fiévreuse qui me faisait trembler ; avant que je ne perde la tête. En le voyant froncer les sourcils, je ris plus fort encore.

— Dis-moi, est-ce que tous les hommes riches sont comme toi, ou tu es le seul mégalomane à penser qu'il te suffit de jeter de l'argent par les fenêtres pour obtenir exactement ce que tu souhaites ?

Il ne répondit pas immédiatement. Le regard plongé dans le mien, il s'avança d'abord de son pas lent et souple.

— Je comprends. Tu résistes parce que tu vois ma proposition comme un caprice d'autorité plutôt qu'une étape nécessaire.

— Une alliance n'est pas indispensable.

— Aucun enfant Xenakis n'est né hors mariage. Je ne veux pas que mon bébé soit le premier.

— Un peu d'audace, Neo. Nage à contre-courant. Nous sommes au XXIe siècle, tu peux suivre ta propre voie.

— Non. Tu peux me traiter de traditionaliste si tu le souhaites, mais ce point-là n'est pas négociable.

— Tu oublies que « ce point-là » nécessite mon accord.

— Et tu me le donneras, j'en suis certain.

— Oh ! vraiment ? Laisse-moi deviner, tu vas me convaincre en promettant de me traîner en justice si je ne t'obéis pas au doigt et à l'œil ?

Pendant une longue, longue seconde, il resta silencieux. Pensif. Puis, il secoua brièvement la tête.

— Cet incident est révolu. Il est temps de tourner la page. Je ne vais pas continuer d'utiliser ton erreur à la clinique Phœnix contre toi, quoi que tu décides.

Le choc et le soulagement me submergèrent. Je scrutai son visage à la recherche d'un éclat calculateur mais n'y trouvai qu'une sincérité solide et juste. Il soutint mon regard sans ciller. « Quoi que tu décides. » À chaque seconde, la tentation de considérer son offre gagnait en puissance.

Je serrai les dents pour la contrer.

— Je ne vais pas te répondre maintenant.

Peut-être qu'un éclat d'inquiétude avait dansé sur son beau visage ; mais l'expression disparut aussi vite qu'elle était venue.

— Trop têtue pour me dire oui dès ce soir ?

Dans le faisceau de son demi-sourire, je ne pus retenir un frémissement fiévreux. J'avais besoin de sortir de son orbite, de fuir le parfum enivrant de son after-shave, la chaleur de sa peau. Sa proximité me donnait envie de glisser mes bras autour de sa taille et d'enfouir mon visage dans son cou. Je le contournai et allai m'asseoir sur le petit canapé rose.

— Ne te fais pas trop d'illusions, marmonnai-je.

Il secoua la tête avec un petit rire.

— J'aimerais aussi que tu prépares un dossier pour le plan marketing que tu m'as suggéré.

Je retins de juste une exclamation d'excitation. J'avais lu un respect surpris dans ses yeux, sur le chemin de l'aéroport. Me faisait-il donc confiance ? Je ne voulais pas réfléchir à l'enthousiasme que m'avait inspiré notre dialogue, à la joie d'analyser et de résoudre son problème, de partager nos idées d'égal à égal…

— Pourquoi ?

— Parce que c'est avec ce rapport que je compte t'engager à Xenakis Aeronautics.

Dieu merci, j'étais assise ou je crois que cette énième surprise aurait eu raison de mon équilibre déjà précaire.

— Pardon ?

— En tant que stagiaire au sein de notre équipe. Dès que nous aurons conclu notre accord, bien sûr.

— Toutes ces questions, dans la voiture… Tu me faisais passer un entretien ?

— En quelque sorte. Et tu m'as proposé une stratégie solide. Si l'opportunité t'intéresse, je soumettrai ton idée à nos collaborateurs dès que tu auras signé ton contrat.

Oh ! l'opportunité m'intéressait. De tout mon être, je voulais m'accrocher à cette offre. Mais elle n'était ni gratuite, ni innocente. Neo Xenakis, le petit génie du marketing, ne m'offrait pas la carrière de mes rêves par bonté d'âme. Il menait simplement ses négociations avec la férocité d'un prédateur : mon ambition réalisée en échange d'un accès illimité à mon bébé. Et pourtant, je ne pouvais m'empêcher d'être fière de moi, fière d'avoir obtenu l'approbation d'un professionnel aussi illustre que Neo Xenakis.

— Merci, c'est… C'est une offre généreuse.

— De rien. C'est mérité.

Son regard glissa jusqu'à ma bouche, et je me rendis compte, à retardement, que je souriais. Réellement, sincèrement. Et qu'il semblait… fasciné.

6.

L'instant s'étira, suspendu par nos regards mêlés, une parenthèse tremblante de sensualité – chaude, intime, consumée par un besoin réciproque.

La bulle éclata lorsqu'il reprit soudain son souffle. Je détournai bien vite le visage. Je voulais fuir et reprendre mes esprits mais, plus encore, j'étais rongée par la curiosité. Je voulais comprendre où il allait. Où nous allions.

— Dis-moi, que suspectes-tu à propos de ma mère ?

— Elle semble dépendre de toi. Tu es sa béquille… Peut-être pour cacher un problème profond ? Mais quel qu'il soit, il ne fera qu'empirer s'il n'est pas pris en charge.

Je plissai les lèvres, réticente.

— Elle joue en ligne. Juste des petites sommes, mais…

— Les addictions de ce type sont insidieuses, conclut-il.

Je hochai la tête, incapable de croiser son regard.

— Oui. Je lui en ai déjà parlé. Je lui ai demandé d'envisager un traitement, mais…

— Mais demander ne suffit pas. Peut-être devrais-tu insister. Ou ne pas lui laisser le choix.

— C'est ta méthode favorite, on dirait.

Il s'assombrit mais se contenta de hausser les épaules.

— Si c'est comme cela que tu veux interpréter mes actions…

— C'est mon problème, Neo. Je vais lui fournir l'aide dont elle a besoin.

Il hocha la tête. J'inspirai profondément : je savais que le sujet le plus important n'avait pas encore été abordé.

— Parlons du bébé.

— Oui, dit-il, de sa voix profonde et basse, pleine de cet espoir incrédule qui parvenait toujours à me bouleverser.

— Comment envisages-tu les choses ?

— Notre mariage assurerait la légitimité de mon enfant et formaliserait tous nos accords légaux après sa dissolution.

Un début et une fin. Un mariage temporaire. Que proposait-il ? Une clause qui lui permettrait de revenir sur ses responsabilités lorsque l'enthousiasme des premiers jours aurait perdu de son éclat ? La morsure familière de l'abandon se referma sur mon cœur ; les derniers mots de mon père dansaient dans mon esprit, gravés au fer rouge.

— Et comment puis-je m'assurer de ta sincérité ? Es-tu certain de vouloir être père ? Quand le bébé sera une réalité, qui me dit que tu ne l'abandonneras pas ?

Sous sa détermination palpable, je devinai soudain une hésitation fugitive que son assurance princière étrangla presque aussitôt ; vibrant de certitude, il traversa la pièce et s'agenouilla devant moi. Tout proche. Si magnétique que je me laissai sombrer dans son regard.

— J'ai cru que je n'aurais jamais la chance d'avoir un enfant et je me suis senti… Démuni. Désespéré. Je n'ai rien d'autre à t'offrir qu'une promesse, Sadie, mais je te demande de me croire. Je veux ce bébé.

Sa ferveur, et ses yeux si sûrs, si sincères… Je le croyais. Bien sûr que je le croyais. Mais…

— Notre mariage, combien de temps durerait-il ?

— Pour le bien et la stabilité de l'enfant, pendant les premières années, au moins.

— Et ensuite ?

— Ensuite, nous opterions pour la garde partagée.

Sa réponse aurait dû me satisfaire, mais un nœud glacé s'était logé au fond de mon estomac. C'était stupide. Neo jouait cartes sur table. Contrairement à mon père qui s'était envolé à la première difficulté en ne laissant derrière lui qu'une cruelle petite lettre. La lettre m'était adressée : sa femme n'avait même pas eu ce privilège. Seulement une missive de son avocat.

N'était-ce pas mieux ainsi ? Savoir que cette union toucherait tout naturellement à sa fin, plutôt que d'être prise en traître ? Assurer à mon enfant le soutien de ses deux parents, qu'ils soient ensemble ou séparés ?

Neo se pencha en avant, auréolé de ce charisme irrésistible, hâlé et hypnotique dans la pénombre lugubre du salon. Une main sur mon genou, il me scruta un long moment avant de lever les doigts vers mon visage. Je laissai reposer ma joue dans le creux de sa paume chaude, le cœur battant, et frémis en sentant son pouce glisser sur mon menton, jusqu'à ma bouche.

Dans le silence, je n'entendais que nos souffles mêlés et le sang à mes tempes. Avant de faire une bêtise, de refermer mes lèvres sur son doigt et de goûter sa peau, je reculai.

— J'ai besoin de temps. J'ai besoin de réfléchir.

Une étincelle séditieuse flamboya dans ses yeux. Il se redressa de toute sa taille. Il hocha brièvement la tête et traversa la pièce, une fois, deux fois, fébrile, puis se tourna vers moi.

— J'ai une réunion familiale demain, à Athènes. Un nouveau neveu à rencontrer.

Je ne parvenais pas à interpréter son timbre ; était-ce de l'impatience, de l'envie, de l'amertume ? Peut-être les trois.

— Je te laisse jusqu'à mon retour pour considérer ma proposition, ajouta-t-il.

Neo avait un talent certain pour me ramener à la réalité aussi durement que possible. Je me redressai, piquée au vif.

— Je ne me souviens pas que tu m'aies proposé quoi que ce soit. Tu te contentes d'exiger, comme un despote.

— Je t'ai simplement présenté la meilleure solution. Si tu as d'autres suggestions, n'hésite pas à m'en faire part.

Il avait lancé ce dernier défi avec la plus insupportable des insolences, visiblement convaincu de sa victoire. Je soutins son regard impérieux, le menton levé.

Et pourtant d'autres sensations bouillonnaient en moi. La brûlure de ses doigts sur mes lèvres, la caresse de son regard lorsqu'il s'attardait sur ma peau. Aussi délicieuse que s'il m'avait touchée. Goûtée.

Horriblement consciente que mon souffle s'était accéléré, que le désir pulsait jusqu'au centre de mes cuisses, je m'éclaircis la gorge et me levai à mon tour.

— Bien. Je pense que c'est assez pour ce soir ?

Il me rejoignit de son pas félin en sortant de sa poche une élégante carte de visite anthracite, ornée de l'élégant phœnix doré qui décorait aussi l'aileron des avions Xenakis. La carte ne contenait que ses initiales et un téléphone portable.

— Ma ligne personnelle. Appelle-moi quand tu veux.

Ses doigts frôlèrent les miens quand je pris la carte. Je retins mon souffle. Ses yeux s'assombrirent. Je déglutis difficilement, frappée par une autre pensée.

Nous avions laissé un sujet primordial de côté. Neo était absolument sublime, et sa réputation n'était plus à faire. Comme proposait-il de gérer les contours de notre mariage potentiel ? Il voudrait rester libre, sans aucun doute, comme les couples l'étaient toujours dans les unions de convenance.

Et bien sûr, c'était une décision rationnelle, la seule solution, en réalité ; mais l'imaginer avec une autre femme me frappa en plein cœur, et une houle de révolte frissonna dans mes veines.

Qu'espérais-je donc ? Laisser libre cours à l'ardeur secrète que Neo avait éveillée en moi ? Pas question. Il me proposait une transaction, rien de plus, rien de moins. Ce que nous avions partagé deux mois plus tôt était une aberration.

Alors pourquoi avais-je le cœur lourd en le suivant jusqu'à la porte ? Pourquoi mon regard buvait-il chacun de ses traits pour mieux les graver dans ma mémoire, tandis qu'il me promettait de me revenir dans un murmure ?

Et pourquoi, cette nuit-là, plutôt que de m'inquiéter du sort de mon enfant, de ma mère, de ma carrière, restai-je torturée par l'hypothèse de ses amantes sans visage ?

— Est-ce que tu as quelque chose à me dire, Sadie ?

J'étais presque surprise que ma mère ait attendu le lendemain matin pour me poser la question. Elle me fixait au-dessus de sa tasse de thé, circonspecte.

— Je suis enceinte, maman. Je suis désolée de ne pas te l'avoir dit tout de suite…

— Mais tu voulais d'abord l'annoncer au père. J'imagine que c'est Neo Xenakis ?

— Oui. Je le lui ai dit hier.

— Et c'est pour cela qu'il veut t'épouser.

— Oui.

Une autre gorgée de thé, et un sourire plein d'émotion.

— Oh ! Sadie, c'est si romantique.

Comme la veille, lorsqu'elle avait ouvert à Neo, ses yeux scintillaient.

— Ne t'emballe, maman. Ce n'est pas un roman-photo, d'accord ?

— Oh ! pitié. Un homme comme cela ne penserait pas au mariage s'il n'avait pas la ferme intention de rester à ton côté. Mais est-ce que c'est ce que tu veux ?

Je réprimai une grimace.

— Je n'en sais rien.

Son excitation s'étiola. Pourtant elle posa sa main sur la mienne, et ma gorge se noua.

— Quoi que tu décides, je te soutiendrai, chérie.

Mon cœur se serra douloureusement. J'aimais trop ma mère pour ignorer la pente dangereuse sur laquelle elle s'était engagée. Je me devais de lui en parler.

La sonnette m'interrompit à point nommé. J'allais ouvrir avec un étrange sentiment d'anticipation ; un coursier m'attendait sur le perron, une boîte luxueuse à la main.

— J'ai une livraison pour Sadie Preston, de la part de M. Xenakis ? s'enquit le jeune homme en haussant les sourcils.

Je signai l'avis de passage et retournai au salon, le cœur battant. Face à la boîte, je marquai une pause, soudain terrifiée de… Terrifiée de quoi ? D'aimer ce que Neo m'avait envoyé ? Un cadeau coûteux, d'après le logo raffiné imprimé en filigrane sur le couvercle.

Le suspense eut bien vite raison de mon angoisse. Je détachai le nœud d'un geste preste. La boîte était pleine de paquets de biscuits artisanaux, tous exquisément enrubannés d'argent. Dessus reposait une petite enveloppe blanche et, à l'intérieur, une note signée de son prénom :

J'ai entendu dire qu'ils aidaient à combattre les nausées matinales. Dans le doute, tu devrais les manger jusqu'au dernier.

Je levai les yeux au ciel mais ne parvins pas à retenir un sourire. Neo Xenakis était terriblement exaspérant, c'était décidément indéniable.

Et il pense que ton bébé n'est peut-être pas le sien.

Mon sourire s'évapora aussitôt. Le cœur lourd, j'ouvris l'un des jolis paquets. Depuis quelques semaines, aucun aliment n'avait trouvé grâce à mes yeux, le matin ; mais le parfum de gingembre qui me chatouilla les narines était agréable et étonnamment appétissant. Je mordis dans le biscuit et soupirai de plaisir en le sentant fondre sur ma langue. En quelques minutes, j'avais terminé un des petits paquets et tendais la main vers un second.

— Ah, je vois que ton dieu grec ne fait pas les choses à moitié. Tu crois qu'il a fait livrer son cadeau par jet privé ? me taquina ma mère en entrant dans le salon.

Je sursautai, les joues brûlant de confusion.

— Tu sais ce qu'il fait dans la vie ?

— Bien sûr que oui ! Il faudrait être une parfaite recluse pour ne pas connaître les Xenakis. Ton amoureux en a vu des vertes et des pas mûres, tu sais.

Je fronçai les sourcils.

— Maman, s'il te plaît, Neo n'est pas mon amoureux, et... de quoi parles-tu ?

Comme un prestidigitateur produit un lapin de son chapeau, ma mère brandit soudain un magazine.

— J'ai fouillé dans ma collection dès que je vous ai quittés, hier soir. Tu vois comme c'est utile que je garde tous mes magazines plutôt que de les jeter ?

Je ne répondis rien, les yeux fixés sur le gros titre écarlate.

Neo Xenakis sort du coma… et met fin à ses fiançailles !

Les doigts tremblants, j'ouvris le magazine et parcourus l'article. D'après le journaliste, Neo était resté plongé dans le coma pendant trois semaines. À son réveil, il avait décidé de se séparer de sa fiancée, la top model néerlandaise Anneka Vanderberg. Le texte était truffé de conjectures, mais une chose était certaine : je ne savais rien de l'homme que j'allais épouser.

Mon cœur bondit dans ma poitrine. L'homme que j'allais épouser ? Avais-je donc pris ma décision ? Comme ma mère s'était installée devant la télé, j'attrapai mon téléphone portable et me glissai dans la chambre.

Neo répondit immédiatement.

— Sadie.

Mon prénom, sexy et grave entre ses lèvres, me fit frissonner d'anticipation. Je déglutis difficilement, les doigts crispés sur le téléphone, dans l'espoir de calmer un déferlement de manque.

— Tu as été fiancé ? lançai-je sans préambule.

Derrière lui, la musique et le brouhaha s'estompèrent dans l'écho du bruit de ses pas. Son silence vibrait de mécontentement.

— Mon passé n'a aucune influence sur ce qui se passe entre nous.

— Selon toi, peut-être, mais tu n'as pas hésité à fouiller dans ma vie. Tu mérites la même considération de ma part, non ?

Le sujet était épineux, j'en étais consciente ; mais son omission m'avait inexplicablement blessée. Je voulais en savoir plus. J'étais prête à affronter sa colère.

— Je me suis informé sur ta situation pour assurer le bien-être de mon enfant, rien de plus, rien de moins.

Il poussa un soupir et avoua tout de même :

— La presse ne ment pas, cette fois-ci. J'ai été fiancé.

Ce n'était pas suffisant et, pourtant, je ne pouvais me résoudre à prononcer les mots qui me brûlaient la langue. L'avait-il aimée ? Pourquoi s'étaient-ils séparés ?

— Je ne veux pas découvrir ton passé dans les magazines.

— Tu veux connaître mes secrets, Sadie ? Épouse-moi.

Mon cœur rata un battement, heurté par l'intimité de son

timbre grave. Heurté, aussi, par un désir secret et impossible : celui d'être appréciée pour moi-même, et non pas parce que je portais son enfant.

— Veux-tu m'épouser, Sadie ? insista-t-il.

— Ah, je suis heureuse que tu me poses enfin la question. Merci. Et merci d'avoir répondu à la mienne.

— Non. C'est moi qui… *Efkharisto.*

« Merci. » La surprise me rendit muette. Qu'avais-je donc fait pour mériter sa gratitude, murmurée si tendrement ?

— Pour quoi ? soufflai-je enfin.

— Parce que tu es venue m'annoncer ta grossesse malgré mon horrible attitude.

— Je t'en prie. Mais pourquoi maintenant ?

— Parce que, même si mon frère est enchanté d'avoir un fils, il souffre d'avoir manqué les premiers mois de sa vie. Et je suis heureux de ne pas avoir à subir la même chose.

De nouveau, quelque chose en moi menaçait de s'adoucir. À l'autre bout du fil, le bruit des festivités s'était entièrement évanoui. Le silence s'allongea, noyé par le rythme erratique de mon cœur.

Lorsque Neo reprit la parole, sa voix était tendue.

— Puis-je avoir ta réponse, Sadie ?

— Cela dépend de ton statut, Neo. Je sais que ce mariage n'est qu'un arrangement transactionnel, mais je ne veux pas faire d'une autre femme ta maîtresse, ou m'engager dans une union qui ferait souffrir quelqu'un d'autre.

— Tu as ma parole. Il n'y a personne d'autre. Il n'y aura pas d'autre femme pendant la durée de notre accord.

Mon anxiété, aussi injustifiée qu'elle était, se dénoua instantanément. Pas pour moi, bien sûr. Simplement, mon bébé serait choyé, protégé. Ma mère pourrait commencer le traitement dont elle ne pensait pas avoir besoin. J'aurais la chance de finir mes études et de commencer la carrière que j'avais toujours désirée.

Et, plus important encore, je savais que Neo n'abandonnerait jamais son enfant. La ferveur avec laquelle il désirait ce bébé était la seule preuve dont j'avais besoin.

Alors, même si tout me criait que j'étais de trop, que je n'étais qu'un moyen justifié par la fin, que les besoins des autres avaient été placés au-dessus des miens… Quelle importance ? Les avantages contrebalançaient de loin ce petit inconvénient. Je m'en remettrais. Je connaissais ma place, après tout. Je devais simplement m'assurer de protéger mon cœur avant qu'il ne soit trop tard.

— Il n'y aura pas de sexe dans ce mariage, déclarai-je.

— Pardon ?

— Pas de sexe. Ou pas de mariage.

Il laissa échapper un juron en grec puis se tut un long moment avant de gronder tout bas :

— Si c'est ce que tu souhaites.

Ce que je souhaitais ? Je fermai les yeux en retenant un petit rire amer. S'il savait…

— Sadie ?

J'inspirai profondément.

— D'accord. Je veux bien t'épouser.

Un silence. Un soupir de soulagement. Puis :

— Bien. Parfait. Je te recontacte au plus vite.

Il raccrocha aussitôt.

Je tentai de faire taire ma déception. À quoi m'étais-je attendu ? Une symphonie et des feux d'artifice ? Il m'épousait pour offrir à son enfant tous les privilèges que pouvait lui fournir le clan des Xenakis. Rien d'autre.

— Oh ! Sadie…

Je relevai les yeux. Appuyée contre le chambranle de la porte, ma mère pleurait à chaudes larmes. Apparemment, elle n'avait pas attendu ma bénédiction pour écouter ma conversation.

— Je suis tellement heureuse pour toi, chérie. Tu as pris la bonne décision.

J'aurais aimé lui dire de ne pas s'emballer, mais les mots moururent sur ma langue ; je la laissai me serrer contre son cœur pendant que le sang rugissait à mes tempes.

Qu'avais-je fait ? Comment avais-je pu…

— Tu ne le regretteras pas, j'en suis certaine. Il n'est pas comme ton père. Il sera là pour toi.

Financièrement, sans doute. Mais émotionnellement ?

Je rejetais violemment cette pensée importune. Comment osais-je envisager une chose pareille ? La simple idée que Neo puisse avoir des sentiments pour moi était risible.

Alors pourquoi n'avais-je donc aucune envie de rire ? Pourquoi le sol semblait-il s'effondrer sous mes pieds ?

Et cette angoisse resta logée en moi, sans réponse, pendant le tourbillon des jours suivants.

Bien sûr, Neo m'avait proposé de m'installer dans sa maison londonienne, à Mayfair. Une cage dorée que je n'avais pas pu refuser puisque ma mère et moi étions sur le point d'être expulsées. La propriété était aux antipodes de notre appartement : une maison de quatre étages, situé dans une des rues les plus huppées d'un quartier hors de prix, avec une piscine intérieure et une limousine en prime. Dans le garage sous-terrain, une Rolls Royce Phantom et deux voitures de sport brillaient sous les lumières encastrées.

Dans la maison, des œuvres d'art côtoyaient un mobilier merveilleusement élégant pour un parfait équilibre d'ancien et de contemporain ; comme je doutais que Neo s'adonne à la décoration intérieure à ses heures perdues, la composition elle-même avait dû lui coûter une petite fortune.

À l'étage, cinq suites spacieuses nous attendaient, chacune équipée de son bassin à remous et de sa douche à commande vocale. Dès notre arrivée, une cheffe avait entrepris de nous servir des plats dignes d'un restaurant trois étoiles.

À peine vingt-quatre heures après notre installation, les préparatifs du mariage commencèrent.

Et avec eux, des prises de bec à n'en plus finir.

Je n'avais aucune intention de laisser Neo prendre les commandes sans broncher. Ses accès de despotisme en avaient pris pour leur grade. J'avais catégoriquement refusé les excès de ses premières propositions. De trois entretiens hebdomadaires avec l'organisateur de mariage, nous étions passés à un seul. La liste des stylistes de luxe, (avides de créer la robe, le trousseau et les robes de soirée de la future Mme Xenakis), était passée de cinq à deux participants. En découvrant le nombre des invités, j'avais eu besoin d'une bonne minute avant de retrouver l'usage de la parole ; pendant que ma mère manquait de s'évanouir, émoustillée qu'elle était par sa nouvelle vie de palace, j'avais appelé Neo pour calmer sa folie des grandeurs.

Nous avions vite trouvé un compromis : nous organiserions un mariage intime, et j'allais choisir ma robe. En revanche, il pouvait choisir le lieu (son île privée, en Grèce), et la date (aussi vite que possible).

La seule chose que j'avais acceptée sans condition, c'était la psychologue qu'il avait engagée pour ma mère. Son soutien était intéressé, certes, mais il m'avait encouragé à mettre ma mère face à son problème, une bonne fois pour toutes. La conversation s'avéra difficile et pleine d'émotions. Quand elle m'avoua qu'elle souffrait toujours du départ de mon père, mon cœur se brisa.

— Mais je dois penser au futur, conclut-elle, résolue. Tu as besoin de moi à ton côté. Et je prends mon rôle de grand-mère au sérieux.

Mais elle reprit son portable en quittant la pièce, et je ne pouvais pas ne pas entendre le son familier des machines à sous électroniques lorsque je passai devant la porte de sa chambre. Le cœur lourd, je continuai mon chemin.

Neo me passa un coup de téléphone une heure plus tard. Il décela immédiatement mon humeur morose.

— Que se passe-t-il ?

Mon rire las résonna dans le silence tendu.

— Tu n'as pas changé d'avis, tout de même.

C'était un ordre plutôt qu'une question, et j'avais les nerfs trop à vif pour résister à la provocation.

— Je ne sais pas, Neo. Si un autre caviste me demande quelles notes je préfère dans mon champagne millésimé, je lui ferme la porte au nez.

— Je sais que ce n'est pas ce qui te préoccupe. Tu t'inquiètes peut-être du contrat prénuptial que je t'ai envoyé ?

Sa voix était dangereusement crispée, comme un élastique prêt à craquer. Je jetai au coup d'œil au contrat. Un avocat me l'avait livré en main propre quelques heures plus tôt.

— Oh ! non. Il est déjà signé, il te sera retourné demain.

Mais seul un silence abasourdi me répondit.

— Neo ?

— Tu l'as signé ?

— Oui. Cela te surprend ? dis-je, étonnée.

— Je ne suis pas… Je ne suis pas surpris. Dis-moi ce qui ne va pas, alors.

Il me mentait, mais je n'insistai pas. J'hésitai à lui parler de mes inquiétudes au sujet de ma mère. Il n'était pas réellement intéressé. Pas par moi.

— Ne t'inquiète pas, j'ai toujours l'intention de t'épouser.

Je compris qu'il avait dû retenir son souffle, car il laissa échapper une expiration tremblante.

— Parfait.

Serait-il monté au front dans le cas contraire ? Après tout, Neo était prêt à tout pour faire le bonheur du bébé. Seulement du bébé.

— Tu avais besoin de quelque chose ? m'enquis-je.

— Oui. J'ai arrêté la date de la cérémonie. Nous nous marions dans deux semaines. Cela te donne sept jours avant de quitter Londres.

Puisque mon stage se déroulerait au siège de Xenakis Aeronautics, j'avais accepté de déménager à Athènes.

— D'accord, mais ma mère vient avec moi. Le changement d'air lui fera du bien, je pense.

— Je ne suis pas un monstre. Où qu'elle soit, je serai heureux de lui fournir l'aide dont elle a besoin. Cela dit, je ne veux pas que tu souffres d'une situation que tu ne peux pas contrôler, Sadie. Ce fardeau n'est pas le tien.

J'aurais aimé lui en vouloir. J'aurais aimé lui être indifférente. Mais il avait raison. Je savais que même si les circonstances avaient été différentes, même si j'avais eu d'autres choix, j'aurais tout de même choisi de partir. De vivre dans un autre pays, de travailler avec l'équipe de mes rêves, de découvrir une autre culture.

Tout, sauf peut-être le tourment de vivre avec un homme dont la simple présence me faisait chanceler, et que je n'avais pas le droit de toucher.

Exactement deux samedis plus tard, je regardai l'île de Neo apparaître à l'horizon, aussi sublime qu'un mirage au milieu de la mer Égée. Vibrante de vert et de rose, cerclée de plages immaculées, elle culminait tout au nord avec une falaise surplombant la mer, où les vagues venaient se briser en blanc et bleu au-dessus des rochers acérés. Une splendeur aussi fascinante et dangereuse que celle de son propriétaire.

Des petites maisons, sans doute les logements des employés, parsemaient le côté droit de l'île. Je remarquai également d'immenses écuries où piaffaient des pur-sang. Notre hélicoptère vira vers la piste privée en nous offrant notre premier aperçu de la villa et de ses jardins étincelant dans le soleil de l'après-midi. En parfait écho à mes pensées, ma mère laissa échapper un murmure :

— Oh ! mon Dieu…

En contrebas s'étendait une propriété toute droit sortie d'un rêve. La villa, blanchie à la chaux, était divisée en deux ailes jointes au centre par une immense véranda au toit de verre. Devant les baies vitrées, une piscine rutilait sur un terrain verdoyant, nivelé comme une cascade jusqu'à la plage ornée d'un belvédère, où deux hamacs oscillaient dans la brise.

J'avais déjà le souffle coupé lorsque, enfin, le lieu de la cérémonie apparut. Contrairement au spectacle exubérant qu'avait été le mariage de son frère, Neo avait accepté d'organiser une réunion intime, juste pour la famille. Dans les jardins, sur un grand tapis aveuglant de blancheur, notre poignée d'invités s'était déjà installée sur leurs chaises décorées de fleurs diaphanes. L'autel, au centre, disparaissait sous les gerbes de giroflées blanches et roses, spécialement importées d'Italie.

J'avais laissé les derniers fragments de ma réalité en Angleterre. Je descendis de l'hélicoptère dans un état second, et mon cœur s'en fut au galop alors que je traversais la pelouse jusqu'à l'écrin immaculé où nous attendait la famille de Neo ; dans la brise parfumée d'embruns, tandis que ma robe de dentelle et d'organza dansait autour de moi, je n'entendais plus que mon pouls rugir à mes tempes.

J'allais épouser un homme richissime, qui m'avait prouvé encore et encore que même le destin se pliait à sa volonté. Un homme qui avait hanté mes pensées et mes rêves depuis des semaines. Un homme qui frémissait d'impatience, près de l'autel, lorsque mes pas hésitèrent à l'orée du tapis.

Près de lui, son témoin lui murmura quelque chose à l'oreille avec un sourire amusé. Neo lui décocha un regard assassin avant que ses yeux n'accrochent les miens, saisissants de magnétisme.

Malgré nos nombreuses conversations, je ne l'avais pas revu depuis sa piètre demande en mariage. Sa barbe naissante avait disparu, et la beauté de son visage rasé de près me foudroya comme un éclair.

J'étais arrêtée au milieu de l'allée, maintenant.

Comment avais-je pu me convaincre que je serais capable de m'unir à cet homme sans me mettre en danger ? Alors même que sa simple présence me bouleversait ?

Son témoin fit un pas en avant. Axios Xenakis : le frère aîné de Neo. Il avança en me scrutant d'un regard intense, si similaire à celui de son cadet. Une fois son examen terminé, ses lèvres s'incurvèrent sur le spectre d'un sourire ; il se plaça près de moi, et, avec un hochement de tête à l'attention de ma mère, m'offrit son bras.

— Crois-moi, la tourmente de mon petit frère m'amuse follement, mais je pense qu'il est temps d'y mettre fin.

— Je n'ai rien fait !

— Exactement. Neo ne gère pas très bien l'hésitation.

Ses yeux voguèrent vers une magnifique jeune femme aux cheveux sombres avec un adorable bébé dans les bras ; ils échangèrent un regard complice, mais le mien retourna, comme un aimant, vers l'homme que j'avais promis d'épouser. Neo. À cet instant, il semblait à deux doigts de traverser l'allée pour me murmurer une de ces petites commandes railleuses qui ne manquaient jamais de m'irriter. Non. De m'enflammer.

Ses mains tremblaient.

Engourdie, j'avançai enfin jusqu'à lui.

Il émit un soupir de soulagement, et le masque de son sang-froid retomba instantanément. La cérémonie se déroula sans accroc ; évidemment, Neo n'en aurait toléré aucun.

Et en l'espace d'un vertige, j'étais mariée à l'un des hommes les plus puissants du monde. Il se tourna vers moi et son regard d'argent me transperça. Lentement, il se pencha. Sa bouche frôla mes lèvres, chaude, dangereusement ensorcelante, terriblement fugace. Il releva presque aussitôt son visage fier, et ses yeux glissèrent impunément sur mon corps.

— *Dikos mou*, souffla-t-il.

— Pardon ?

Il sursauta légèrement, comme s'il ne s'était pas rendu compte qu'il avait parlé à voix haute. Il glissa sa main autour de mon poignet et pivota avec moi vers nos invités ; mais la caresse de sa peau fit cascader en moi une nouvelle myriade de sensations. Mon cœur battait à tout rompre lorsque son regard courut sur ma robe puis s'attarda sur mes cheveux artistiquement lâchés.

— Tu es très belle.

Je dus me faire violence pour reprendre mes esprits. Il jouait un rôle, il voulait convaincre sa famille. Je n'avais pas le droit de l'oublier. Pas le droit de me laisser sombrer.

À mesure que l'après-midi avançait, la tension de Neo devenait de plus en plus palpable. Des serveurs circulaient parmi l'assemblée avec des plateaux de petits-fours et de champagne, mais Neo refusa d'un mouvement preste. Finalement, je le guidai à l'écart, une main dans la sienne.

— Qu'est-ce qui ne va pas ?

Son visage ne fit que gagner en froideur.

— Tout va pour le mieux, voyons.

— Tu as l'air agité.

Il me dévisagea un long moment en silence.

— Je te félicite d'avoir tenu parole, Sadie.

Je notai le sarcasme et haussai un sourcil en attendant la suite ; mais lui aussi paraissait suspendu, vibrant d'une nervosité que je ne comprenais pas.

— C'est ta façon de me promettre une récompense ? J'avais répondu d'un ton amusé pour camoufler les émotions qui rugissaient dans mes veines. Ses doigts, inconsciemment, caressaient le creux de mon poignet. Chaque point de contact pétillait sous ma chair.

— Certainement pas, susurra-t-il. Tu avais l'opportunité de demander plus d'avantages avant de signer notre contrat prénuptial. Peut-être regrettes-tu d'avoir signé si vite, finalement ?

Il arborait un sourire coupant, et son regard me scrutait attentivement, comme pour en exhumer un secret que je ne possédais pas. Je fronçai les sourcils.

— Pourquoi donc ? Ta proposition est déjà très généreuse. Le contrat est en ta faveur, évidemment, mais… C'est normal, non ?

— Bien sûr. Mes contrats visent à nous protéger, moi et les miens. Et pourtant, tu as signé sans broncher.

— Je ne comprends pas, Neo. Tu attendais un caprice ? Pourquoi aurais-je fait une chose pareille ?

Ma propre perplexité se refléta un instant sur son visage. Il la dissimula bien vite, avec son brio habituel.

— Peu importe, Sadie. Ce qui est fait est fait.

Son regard tomba sur mon ventre.

— Maintenant, il ne reste plus qu'à attendre, souffla-t-il.

7.

Ses mots s'insinuèrent en moi, empoisonnés, et me coupèrent le souffle. Pendant une minute, juste une minute, j'avais osé oublier que Neo n'était toujours pas certain que mon bébé soit de lui. Que chacun des avantages qu'il m'avait offerts pour être au côté de cet enfant n'était qu'un pari de plus. Ma parole ne lui suffisait pas.

Et si, un mois plus tôt, j'avais réussi à ignorer l'accusation, ces deux dernières semaines avaient affaibli mes défenses. C'était entièrement ma faute ; Neo n'avait pas changé d'avis. J'avais simplement été assez stupide pour me laisser amadouer par les circonstances.

Il ne me retint pas lorsque je lui retirai ma main, mais sa bouche se plissa légèrement.

— Qu'y a-t-il ?

En marchant à travers le jardin luxuriant, nous avions atteint l'espace de réception où des sièges élégants et des tables basses avaient été installés pour le dîner. Neo me guida jusqu'à l'estrade et, au passage, saisit sur le plateau d'un serveur deux assiettes ourlées d'or et emplies de succulents mets grecs. Je lui offris mon plus beau sourire.

— Tout va pour le mieux, Neo.

Il fronça les sourcils. Je détournai le regard et trouvai sur moi celui d'Axios. Confuse, je pivotai de nouveau vers Neo.

— Est-ce que ton frère sait pourquoi nous…

— Pourquoi nous nous sommes mariés ? Je suis ton mari, Sadie. Tu es ma femme. Il va falloir t'habituer à le dire. Essaie le poulet, c'est délicieux.

— Tu n'as pas répondu à ma question.

— La raison de notre union ne concerne personne d'autre que nous. Tu as ma parole. Personne n'osera aborder le sujet.

— Parce que tu l'as décrété ?

— Exactement, asséna-t-il d'un ton sans appel.

— Comment t'es-tu assuré une telle loyauté ?

Ma voix s'était teintée de défi. Une étincelle dure comme l'acier oscilla dans ses yeux, mais je soutins son regard.

— En satisfaisant leur petite avidité personnelle, bien sûr. C'est la seule façon d'obtenir l'allégeance d'autrui. Tout le monde est intéressé. Il faut donner plus pour gagner plus.

Une amertume venimeuse rampait dans sa voix. Je déglutis. J'avais soudain les mains moites. « Donner plus pour gagner plus. » La même stratégie que mon père : la fin justifiait les moyens.

Neo n'aurait pas pu être plus clair. Alors pourquoi avais-je tant besoin de m'en assurer ? De l'entendre se défendre ?

— Est-ce que cela s'applique à toi aussi ?

Un muscle se contracta dans sa mâchoire.

— Cela n'a aucun rapport avec m…

Je secouai la tête pour l'interrompre. Pour apaiser la douleur sourde qui pulsait dans ma poitrine.

— Je ne sais pas ce que tu as subi, Neo, ni comment tu en es venu à croire que tout le monde veut t'utiliser…

— Je n'ai pas besoin de ta pitié. Ni aujourd'hui, ni jamais.

Ses yeux gris étaient aussi coupants qu'un éclat de glace. J'avais touché un point sensible. Je crispai ma main sur mes genoux pour me retenir de la tendre vers lui.

— Ce n'est pas de la pitié, je veux juste comprendre…

— Disséquer ma personnalité ne fait pas partie du programme de notre union, Sadie.

En voyant que ses parents avaient tourné leur attention vers nous, curieux, je préférai capituler. Mais cette conversation n'était que partie remise.

— Très bien. Quand puis-je commencer à travailler ?

Une méfiance froide étincelait toujours dans ses prunelles.

— Impatiente de te remettre en selle, hum ? Tu n'envisages donc même pas une lune de miel ? Tu sais, maintenant que tu es une Xenakis, toutes les destinations de tes rêves sont à portée de main. Il suffit d'appeler mon pilote.

Cette fois, je n'avais plus de doute : Neo essayait de me tester. Que cherchait-il ? J'avançais dans le noir.

Je haussai les épaules.

— Très tentant, mais je ne vois pas l'intérêt, compte tenu de notre… situation. La destination de mes rêves, c'est la cérémonie de mon diplôme ; et pour cela je dois commencer mon stage dans ton équipe et finir mes études.

De nouveau, sa mâchoire se crispa.

— Mais tu te souviens que prendre soin de toi et du bébé est ta priorité numéro un ?

— Je m'en souviens. Tu commences à radoter.

— Si tu veux que j'arrête d'insister, mange. Cela me fera plaisir, susurra-t-il en me proposant de nouveau le poulet, qui fleurait bon le citron et le romarin.

Cependant, mon appétit s'était évaporé.

— Puisque tu es si enthousiasmé par le poulet, Neo, mange-le toi-même. Je vais aller me repoudrer le nez. Et, au cas où tu ne comprendrais pas l'euphémisme… J'ai besoin d'air. Ne me suis pas, d'accord ?

À l'exception d'un fugace éclair d'exaspération, il dissimula sa colère à la perfection ; pour être honnête, je me fichais de l'avoir agacé. D'un pas vif, je rejoignis la grande véranda, dont les portes vitrées avaient été ouvertes et repliées. Je traversai la pièce sans m'attarder sur la magnifique décoration grecque, teintée de bleu, de blanc et d'osier, baignée d'un soleil rose et or. Je trouvai vite les toilettes et m'y enfermai avec un soupir de soulagement.

La carte postale que mon père m'avait laissée, des années auparavant, m'avait prouvé que seuls la cupidité et l'égoïsme avaient motivé ses actions ; mais qu'en était-il de Neo ? Que lui était-il donc arrivé ? J'avais succombé à la curiosité, cette dernière semaine, mais mes recherches Internet n'avaient mené à rien. Aucune explication crédible n'avait justifié sa rupture avec Anneka, et aucune information n'avait été publiée sur son accident. En revanche, les photos de leur idylle ne manquaient pas. Anneka était sublime, et leurs fiançailles semblaient tout droit sorties d'un fantasme romantique. Je voulais me convaincre que rien de cela ne me touchait, mais l'effort était vain. J'étais consumée par le besoin de savoir, par le désir de découvrir Neo.

Je passai mes mains sous l'eau fraîche puis quittai mon refuge après une dizaine de minutes… À l'instant où Callie Xenakis entrait dans le salon vitré, son bébé dans les bras.

Elle m'offrit un sourire amical.

— Je fuis la chaleur, dit-elle en s'asseyant gracieusement dans un somptueux sofa. Veux-tu rester un peu avec moi ?

Je lançai un coup d'œil vers le jardin, où Neo discutait avec son frère. Axios lui murmura quelque chose avec un rictus moqueur ; Neo, les lèvres plissées, lui répondit sèchement et n'obtint qu'un rire pour son attaque.

— Laisse-les se chamailler encore un peu, s'amusa Callie. Axios attend sa revanche depuis un moment.

— Sa revanche ?

Elle hésita un instant, en se demandant peut-être si elle pouvait me faire confiance, puis hocha la tête.

— J'imagine que tu connais l'histoire. Mon mariage a connu quelques rebondissements, et Neo en a profité pour titiller son grand frère. Et comme les deux sont compétitifs…

Je fronçai les sourcils.

— Ton mari m'utilise pour se moquer de mon… de Neo ?

Callie éclata de rire.

— Ax avait peur de devoir attendre des années avant de pouvoir se venger, et encore. Il t'est très reconnaissant.

— Malheureusement, il est le seul à s'amuser, soupirai-je.

Callie me lança une œillade perspicace. Malgré mes paroles, je ne pus m'empêcher de lui rendre son sourire. Sa complicité, au moins, me faisait chaud au cœur.

— J'imagine que tu t'en doutes, mais ce mariage a surpris

tout le monde. Ils se posent des questions sur toi, bien sûr. Personne ne pensait que Neo…

Elle se tut. Elle en avait sans doute déjà trop dit, donc je n'en demandais pas plus. Je ne m'étais pas rendu compte que mon attention avait glissé vers Neo avant qu'il ne tourne brusquement la tête vers moi. Ses prunelles grises me transpercèrent ; lorsque son frère reprit la parole, il ne cilla pas. Enchaînés par un lien aussi brûlant qu'invisible, nous restâmes suspendus un instant. Lui seul, et moi seule, perdus l'un dans l'autre. Une fièvre tremblante bouillonnait dans mes veines.

Callie avait installé son fils sur les coussins, une main sur son petit ventre dodu, et ombragea le plafond en verre d'un coup de télécommande. Je me tournai vers elle.

— Puis-je te poser une question ?

— Bien sûr.

— Qu'est-ce que signifie *dikos mou* ?

Elle écarquilla les yeux, et je grimaçai en la voyant rougir.

— Oh ! Désolée, je ne savais pas que c'était impoli…

— Non ! Non, ne t'inquiète pas, ce n'est pas le cas. Axios le dit souvent, c'est tout. Où l'as-tu entendu ?

— Hum… Neo l'a dit quand… Quand nous avons échangé les anneaux.

Un petit sourire incurva sa bouche.

— Cela veut dire mien ou mienne.

— Oh !

Mon cœur fit une stupide, vertigineuse embardée… Mais je me souvins que la main de Neo avait été posée sur mon ventre lorsqu'il avait prononcé ces mots. Il avait simplement savouré le couronnement de son acquisition. Rien d'autre. Rien que son bébé.

Comme Callie m'observait toujours avec curiosité, j'entrepris de la distraire en m'intéressant à Andreos. Toutefois, mon répit fut de courte durée. Un frémissement sur ma nuque annonça l'arrivée de Neo. Je me tournai vers lui et sombrai immédiatement dans son regard.

Il me tendit sa main, forte et tiède.

— Mes parents vont partir. Veux-tu m'accompagner et leur dire au revoir ?

Je jetai une œillade à Callie qui me souriait d'un air encourageant ; mais mon instinct me criait de prendre garde. Des regards échangés, sulfureux. Des conversations acides, minées par des secrets que je ne connaissais pas… Et cette paume tendue. Offerte.

Je ne savais que penser.

Je glissai ma main dans celle de Neo.

D'un mouvement souple, il m'attira à lui et fit glisser ses doigts entre les miens, un entrelacs de chair et de chaleur qui décocha en moi un sursaut électrique, le long de mes membres et jusqu'au centre de mes cuisses. À son côté, prête à vaciller, je me noyais dans le fracas de mon cœur et l'assaut de mon désir. Lorsque nous nous arrêtâmes devant Electra et Theodolus Xenakis, j'étais au bord du précipice, à un souffle de perdre la bataille contre mes sens.

Neo avait hérité de la haute taille de son père et des yeux de sa mère. Ils formaient un couple intimidant, surtout à cet instant. Ils me contemplaient tous deux d'un air spéculateur.

— Je serais enchantée que Neo et toi veniez dîner à la maison au retour de votre lune de miel. J'aimerais mieux connaître ma nouvelle belle-fille, dit Electra en souriant.

Avant que je ne mentionne qu'il n'y aurait pas de lune de miel, Neo prit la parole :

— Bien sûr, maman, dès que nous serons libres.

Son timbre lisse et sans appel mit fin à la conversation presque immédiatement. Bientôt, ils quittèrent la réception, rapidement suivis par Axios et Callie. Ma mère, la dernière invitée, nous rejoignit avec un sourire radieux.

— C'était une journée merveilleuse, dit-elle en serrant mes mains dans les siennes. Je n'arrive pas à croire que ma petite fille est mariée. Si seulement ton pè…

— L'hélicoptère t'attend, maman. Nous nous verrons dès que je reviendrai à Athènes.

Elle avait accepté d'entrer en résidence de réhabilitation

pour quelques semaines. Quant à mon père, je ne voulais pas entendre parler de lui. Nous étions sorties de la mauvaise passe dans laquelle il nous avait abandonnées, mais la blessure qu'il avait laissée derrière lui me rongeait toujours. Comment avait-il pu partir sans se retourner ? La simple idée de quitter le bébé que je portais m'emplissait d'horreur.

Sous le regard attentif de Neo, je forçai un sourire, serrai ma mère contre moi et l'aidai à monter dans l'hélicoptère. Je lui fis signe jusqu'à ce que l'appareil disparaisse au-dessus des falaises. Puis, dans les derniers rayons du soleil, je me tournai vers l'homme que j'avais épousé.

Seuls. Nous étions seuls sur l'île.

Il me contemplait toujours, avec ce regard auquel je ne pouvais rien cacher.

— L'hélicoptère revient pour nous ensuite, n'est-ce pas ?

— Oui. Mais pas avant demain soir.

Son regard ne me quittait pas. Mon cœur trébucha.

— Quoi ? Mais pourquoi ?

— Parce que je ne veux pas nourrir les soupçons en passant le lendemain de mon mariage à Xenakis Aeronautics.

— Je croyais que tu te fichais de ce que les autres pensaient de toi ?

Il m'avait rejointe, et sa main trouva le creux de mes reins pour me guider à travers le jardin.

— Nos invités respectent notre intimité, mais tu verras vite que les inconnus sont plus curieux que nos proches.

— Tu aurais pu me prévenir.

Mais mon reproche n'était qu'une défense malhabile ; j'aurais aimé être irritée, mais je vibrais d'une excitation brûlante qui croissait à chaque frôlement de ses doigts.

— Je pensais que tu apprécierais la quiétude de l'île.

Son parfum enivrant attisait les braises de ma fièvre. Dieu merci, Neo m'avait menée jusqu'au petit salon en plein air qui jouxtait la piscine étincelante, avec vue sur les jardins luxuriants de la propriété.

— Assieds-toi, Sadie. C'est ici qu'on profite le mieux du coucher de soleil, dit-il d'une voix basse, un peu tendue.

Un domestique l'approcha pour lui chuchoter quelques mots en grec, et Neo le suivit aussitôt vers la villa, les épaules raides. Je le regardais s'éloigner, mais… Pas question d'être déçue. Au contraire, sans sa présence si bouleversante, je parviendrais peut-être à reprendre mes esprits. Je me laissai tomber dans un fauteuil, retirai mes chaussures, et lissai la soie délicate de ma robe. Un rayon de soleil étincela sur les pierres précieuses de mon alliance.

La cérémonie s'était déroulée comme un étrange mirage, brumeux et instable. Mais, maintenant que j'étais seule, la splendeur de ma bague m'apparut comme une révélation : cet anneau de platine, incrusté de diamants cristallins, devait être absolument inestimable. Neo portait le même, dénué de gemme. Qu'avait-il donc voulu prouver en choisissant des bagues assorties ?

Non. Je n'avais pas le droit de me laisser séduire par des fantasmes romantiques. Nous savions tous les deux que…

Il n'y aura pas d'autre femme.

J'avais les yeux fermés et le cœur battant, confuse, tiraillée, lorsque ses pas assurés retentirent derrière moi. Il contourna la petite table et y déposa un plateau débordant de plats sucrés et salés.

— Nous n'allons pas encore nous disputer sur la nourriture, n'est-ce pas ? lança-t-il, amusé.

Sa sélection orgiaque me mettait déjà l'eau à la bouche, et je ris doucement.

— Non, pas cette fois. Mais je devrais me changer…

Son regard anthracite glissa le long de mes pieds nus et sur l'écume soyeuse de ma robe avant de trouver le mien. Dans ses prunelles, un éclat électrique ondoyait comme la brise avant l'orage.

— Pas besoin. Mange d'abord. Je te ferai visiter ensuite.

Hypnotisée par la courbe sensuelle de sa bouche, embrasée

par l'alchimie pulsant entre nous, je me forçai à me concentrer sur mon assiette.

Parle. Dissipe la tension. Brise le sortilège avant qu'il ne te consume, Sadie.

— Même si tu ne les laisses pas spéculer en ta présence, les gens se posent des questions, tu sais.

Il hocha la tête, les lèvres pincées.

— Et ce sera bien pire quand ils découvriront que tu es enceinte.

Soudain, la nourriture odorante eut un goût de sciure. Je déglutis difficilement, la bouche sèche.

— Tu… veux dire que…

— Certains membres de ma famille savent que je ne peux pas avoir d'enfant, oui.

Je repoussai mon assiette, mais il la replaça aussitôt en face de moi.

— Mange, Sadie.

Pour le bébé. Bien sûr. Je repris une bouchée.

— Donc ils me prendront pour une menteuse.

Ses mâchoires étaient tendues, mais il haussa les épaules.

— Un test de paternité résoudra vite la situation.

Ou tu pourrais me faire confiance…

La provocation resta coincée dans ma gorge ; une autre question la remplaça, irrépressible :

— En dehors de ton diagnostic, pourquoi est-ce si difficile pour toi de me croire sur ce point, Neo ?

— Parce qu'il y a longtemps que je ne prends plus les choses pour argent comptant. Ce n'est pas quelque chose que tu pourras changer, Sadie.

Son avertissement n'adoucit pas mon profond désir de comprendre pourquoi il en était arrivé là. Le frôlement de ses doigts au creux de mon bras m'arracha à mes pensées.

— Reste un peu. Tu n'as pas encore vu le coucher de soleil, murmura-t-il.

Un silence étrangement intime nous enveloppa alors qu'un camaïeu d'orange, de jaune et de gris ruisselait sur la piscine scintillante et la mer en contrebas. Dans la lumière de l'horizon enflammé, le monde entier semblait baigné de couleurs flamboyantes.

— C'est vraiment sublime, soufflai-je.

Il acquiesça, et lorsque je tournai la tête vers lui, je trouvai son regard sur moi, animé par le flamboiement pourpre du soleil sombrant derrière les vagues. Mon cœur battait à tout rompre. Je m'éclaircis difficilement la gorge.

— Tu voulais me faire visiter la villa ?

Il hocha la tête, mais ne bougea pas. À la place, il me présenta un écrin de velours et l'ouvrit sous mes yeux.

— J'aurais dû te l'offrir plus tôt.

La bague était somptueuse, ornée d'un large diamant carré à l'extraordinaire reflet écarlate, entouré de deux petites pierres précieuses. L'anneau était en platine, parfaitement assorti à mon alliance. Je restai bouche bée, incapable de détourner les yeux du plus beau bijou que j'avais jamais vu.

— Tu aimes ? demanda-t-il enfin, bourru.

— Neo, je…

Je m'éclaircis la gorge, ridiculement émue. Je secouai la tête pour dissiper mon trouble.

— Avec une pierre pareille, je vais devenir la cible numéro un des pickpockets.

Il laissa échapper un petit rire et secoua la tête.

— S'il te plaît, Sadie. Porte-la. Elle fera taire les on-dit et… cela me ferait plaisir.

Peut-être était-ce à cause du soleil couchant, du repas délicieux… Mais je ne trouvai ni la force, ni le désir de rétorquer. Je n'avais pas envie de lutter. Je lui offris ma main avec un sourire, les yeux dans les yeux.

Cette fois-ci, voir Neo glisser un nouvel anneau à mon doigt me toucha viscéralement. Pendant cet instant d'une intimité presque insoutenable, je retins mon souffle et serrai ma main autour de la sienne.

Il se redressa et m'attira à lui pour me guider, toujours pieds nus, vers l'aile sud de la villa. Nous traversâmes une myriade de chambres et de salons plus superbes les uns que les autres, et une salle de cinéma, un bureau privé, une cave à vin dont l'élégance n'avait d'égale que l'extravagante richesse de leur propriétaire. L'aile nord, en revanche, n'abritait que deux immenses suites jointes par un grand salon central. Chacune des deux chambres s'ouvrait sur une magnifique terrasse près de laquelle murmurait une piscine donnant sur l'océan. Je ne pus résister plus longtemps : j'avançais vers le bassin avec un sourire et trempai un orteil dans l'eau fraîche. Une exclamation enchantée m'échappa. Quand je relevai les yeux…

Neo était près de moi, les yeux fixés sur mes lèvres.

Il ne détourna pas le regard.

Le brasier qui couvait toujours entre nous s'enflamma brutalement. Je n'entendais plus que le rythme erratique de mon souffle, précurseur d'un abandon interdit.

Interdit. Exactement. Le sexe ne faisait pas partie de notre arrangement. Je reculai d'un mouvement fébrile.

— Alors, comment s'appelle cette île ? m'enquis-je d'une voix trop aiguë, en espérant dompter la faim qui me torturait.

En vain. Neo avança vers moi sans me lâcher du regard.

— Neostros.

— Tu as donné ton prénom à ton île ? C'est un peu narcissique, même pour toi.

— Non, me répondit-il en souriant. C'est le contraire. Mon grand-père a acheté cette île bien avant ma naissance et l'a baptisée. Mes parents étaient en vacances ici quand ma mère a accouché. Je suis né dans une des petites maisons, de l'autre côté de l'île.

Ce fragment intime, aussi infime soit-il, me fit sourire.

— Est-ce que ton grand-père est toujours vivant ?

Il s'assombrit, le visage froissé par un éclair de douleur.

— Non. Il est mort d'une crise cardiaque après des années à se tuer à la tâche pour sauver sa famille de la ruine.

— De la ruine ? m'étonnai-je.

Un rictus cynique dansa sur ses lèvres.

— Encore un exemple de trahison et de cupidité, j'en ai bien peur. Mon grand-père s'est associé à un rapace qui, après avoir coulé son entreprise, n'a rien trouvé de mieux que de lui proposer un emprunt avec un taux d'intérêt exorbitant. Le fardeau de ces années-là a eu raison de ma grand-mère d'abord, et quand elle est morte… Il ne s'en est jamais remis.

— Vous êtes une grande famille. Personne ne l'a aidé ?

Il attrapa une boucle de mes cheveux en une caresse si tendre que j'en eus la gorge nouée. Pendant un long moment, il resta silencieux. Lorsqu'il releva les yeux, une pointe d'amertume y palpitait toujours, mais c'était leur flamme sulfureuse qui manqua de m'engloutir.

— Je ne veux pas parler de ma famille, Sadie. Axios et moi avons fait le nécessaire pour retrouver ce que les Xenakis avaient perdu. Ces défis nous ont simplement prouvé que l'humanité est dominée par l'appât du gain et que l'avarice justifie toutes les cruautés.

J'ouvris la bouche, prête à réfuter, mais ses doigts quittèrent mes cheveux pour caresser ma lèvre.

— Tu ne pourras pas me convaincre du contraire, dit-il souriant.

Il était simplement honnête avec moi. C'était une vérité que je devais accepter. Et, pourtant, j'insistai :

— Alors tu préfères te protéger derrière le cynisme ?

Un éclat dur brilla dans ses yeux métalliques.

— Pas toi ? Raconte-moi donc ce qu'a fait ton père.

La question me heurta comme un seau d'eau glacée.

— Pardon ?

— Tu fais ton possible pour éviter le sujet. Je sais qu'il est vivant. J'imagine qu'il est en partie à l'origine des problèmes de ta mère… Et il t'a blessée, toi aussi, n'est-ce pas ?

J'aurais voulu fuir cette conversation à tout prix, mais il avait répondu à mes questions malgré sa réticence. Il méritait lui aussi ma confiance.

— C'était un père correct et un mari décent, jusqu'à mes seize ans. Un soir, en rentrant du collège, j'ai trouvé ma mère en larmes. Mon père nous avait envoyé une carte postale du

Venezuela. Le problème, c'est qu'il était censé être en Irlande pour ses affaires.

Je fermai un instant les yeux. J'aurais aimé réussir à plaisanter, à camoufler ma peine. Les doigts de Neo glissèrent le long de mon visage et se refermèrent sur mon épaule. La chaleur de sa paume me réconforta, assez pour que je relate, sans trembler, la façon dont quelques mots griffonnés à la va-vite avaient fait imploser ma famille.

— Il nous annonçait simplement qu'il ne voulait plus être marié. Plus être père. Qu'il ne reviendrait jamais. Qu'il avait déjà déposé une demande de divorce auprès de ses avocats. Cela dit, il avait oublié de mentionner qu'il n'avait pas payé notre prêt hypothécaire depuis six mois ou qu'il avait vidé leur compte en banque commun. Les huissiers ont fait irruption chez nous avec une ordonnance judiciaire deux heures plus tard et nous ont expulsées sur-le-champ.

Neo jura entre ses dents.

— Où êtes-vous allées ?

— Ma mère avait des économies. Assez pour que nous puissions louer un appartement pendant un an. Peut-être plus longtemps, si…

Je me tus, les joues brûlant de honte, soudain angoissée de me montrer si ouverte, si vulnérable.

— Si ta mère n'avait pas commencé à jouer ?

Je hochai la tête.

— J'ai trouvé un travail à mi-temps, mais la dépression de ma mère a empiré, et elle n'a pas réussi à garder son emploi et… Bref. Tu peux imaginer la suite.

— Ton père ne vous a jamais donné plus d'explications ?

L'angoisse montait en moi avec la force d'une houle.

— Non. Il a tenu sa promesse. Coupé les ponts.

Il me jeta un regard entendu.

— Mais la réponse va de soi, n'est-ce pas ? Il était haut cadre dans une banque, si je ne me trompe pas ?

Je hochai la tête, encore une fois surprise par les détails qu'il avait réussi à glaner sur ma vie.

— Il avait besoin d'une façade de respectabilité. Il travaillait dans un monde impitoyable et compétitif, et il était ambitieux. Avoir une femme, un enfant et un foyer stable l'a aidé à développer ses relations, encourager des promotions...

— Je sais, Neo. Je sais que moi et ma mère n'étions que des accessoires. Et alors ?

Un muscle battait dans sa mâchoire. Son pouce caressait doucement la courbe de mon épaule. En était-il conscient ?

— Alors toi aussi, tu sais comment le monde fonctionne.

Je m'écartai pour briser la tentation de me laisser aller à son étreinte alors même que je voulais combattre ses paroles.

— Sadie...

— Je ne sais pas ce que tu essaies de prouver, mais c'est inutile. Je sais quel genre d'homme était mon père. Je sais quel genre d'homme tu es. Je ne me fais aucune illusion.

Il se raidit, prêt à rétorquer, mais je secouai la tête.

— La journée a été longue, Neo. Je vais aller me coucher.

J'étais toujours captivée par l'étincelle qui dansait dans ses prunelles, cette flamme dont la sensualité faisait frémir chaque parcelle de mon corps et rugir le sang dans mes veines. Et pourtant, cette alchimie déferlante traînait dans son sillage la peur d'avancer un peu plus vers l'abysse où se faisait entendre quelque chose de trop tendre, de trop fragile.

Quelque chose qui me faisait miroiter un monde où je n'étais pas une transaction, où nos baisers n'étaient pas nés du hasard ou du mensonge...

— C'est ta nuit de noces, Sadie. C'est un peu décevant de te retirer dès le crépuscule, non ?

Mon pouls se fit erratique.

— Tu m'as bien fait comprendre que ce mariage ne servait qu'à protéger l'enfant que je porte. La façon dont je passe ma nuit de noces ne te concerne pas.

Il inspira profondément. Son aura animale s'enroula autour de moi, insoutenable de sensualité.

— Mais j'aimerais que cela me concerne, Sadie.

Ses doigts étaient revenus contre la peau sensible de ma

gorge et esquissaient une caresse ensorcelante, conjurant avec eux les fantasmes haletants qui m'avaient tourmentée pendant des semaines…

Des fantasmes. Ni plus ni moins. Tout cela n'était qu'une illusion, un rêve dont je sortirais aussi déçue que brisée.

Avec un effort herculéen, je reculai encore une fois.

— Nous avons convenu que le sexe ne faisait pas partie de notre accord, et j'ai l'intention de m'y tenir. Bonne nuit, Neo.

Et, avant de succomber à la tentation enivrante de son regard sombre, de ses mains puissantes, avant de m'autoriser à songer que notre nuit de noces puisse signifier quoi que ce soit, je m'éloignai sans me retourner.

8.

Elle s'éloignait de moi, sa robe éthérée flottant autour d'elle comme un halo angélique, et je ne songeais qu'à une chose : combien elle était belle en blanc.

Bien sûr, j'étais irrité. Troublé par notre conversation et par ses accusations. Elle m'avait comparé à son père… Je ne voulais pas la blesser en lui montrant la vérité ; mais je savais d'expérience qu'ignorer les faits menait à la ruine.

Et pourtant, à cet instant, rien de tout cela n'avait d'importance ; il n'y avait que la flamme dansante de ses cheveux sur la soie immaculée.

Belle à me rendre fou.

Sadie était la tentation incarnée, et, rigide dans mon pantalon sur mesure, je me maudis d'avoir accepté sa règle d'abstinence sans broncher. J'avais été prêt à tout, sans condition. Prêt à tout pour m'unir à elle.

J'avais retenu une leçon de mes relations et des trahisons qui en avait découlé : le sexe ne devenait une complication que si les paramètres n'étaient pas clairement définis. Sadie était une bonne négociatrice ; pourquoi ne pas négocier sur ce point-là aussi ?

À l'idée de la toucher de nouveau, de sentir son corps souple sous le mien, d'embrasser son visage adorable, de faire courir mes mains sur sa peau et d'écouter ses soupirs de plaisir, mon souffle accéléra. J'étais prêt à m'élancer à sa suite, et je ne me retins que de justesse.

Avec un soupir, je baissai les yeux sur mon alliance, encore si étrange autour de mon annulaire. Son symbolisme était plus puissant que je ne m'y étais attendu. J'avais une femme. Une femme que je désirais désespérément.

Dès l'instant où j'avais posé mon regard sur elle, et un peu plus chaque jour. Un peu plus chaque seconde. Jusqu'à ce que le brasier me consume et me détruise, peut-être.

Je fis tourner l'anneau autour de mon doigt. Avais-je le droit d'envisager de nouveaux pourparlers ? Une nouvelle conciliation ? Non, c'était impensable ; je risquais de m'y brûler les ailes, Anneka me l'avait appris. Je tournai les talons et pris la direction opposée.

Trois heures plus tard, je faisais toujours les cent pas dans ma suite ; ma tablette, sur laquelle les rapports marketing de mon équipe attendaient d'être analysés, était depuis longtemps abandonnée sur la table basse. J'étais trop occupé à combattre le spectre captivant de Sadie Preston… non, Sadie Xenakis.

Avec un grognement d'impatience, j'ouvris la baie vitrée et sortis sur la terrasse. Dans la brise fraîche de la nuit, la pleine lune s'élevait au-dessus d'une mer d'huile, sereine et sombre, aux antipodes du tumulte qui faisait rage en moi. Les mots de Sadie résonnaient encore dans mon esprit, menaçant d'enrayer les convictions que j'avais crues inébranlables. Sa réticence à l'idée de quitter son infâme petit taudis. Son indifférence pour le luxe et l'extravagance du mariage et de la villa. La facilité avec laquelle elle avait accepté d'obtenir moins d'un pour cent de ma fortune après notre divorce. Cette clause-là avait été stipulée délibérément ; mais elle avait ignoré mon défi sans ciller.

Et elle avait ri quand j'avais abordé le sujet… Je n'aurais jamais imaginé une chose pareille.

Peut-être me berçais-je d'illusions. Peut-être ne voyais-je que ce que je voulais voir, comme je l'avais fait si longtemps avec Anneka. Peut-être inventai-je son innocence. Avec un soupir, je suivis le clapotis tout proche de la piscine.

Mais je me figeai net, foudroyé, devant la vision qui s'élevait sous les rayons de la lune.

Sadie. Elle était de dos, au milieu de la piscine. Le visage tourné vers la mer, ses doigts glissant sur l'eau, elle avançait vers le bord opposé, où le bassin était moins profond. Elle avait dû s'immerger quelques minutes plus tôt, car des perles d'eau et de lumière brillaient dans ses cheveux mouillés et sur sa peau diaphane.

Quelques pas de plus, et le niveau de l'eau avait découvert ses fesses en forme de cœur et le bas de son bikini blanc comme neige ; je retins mon souffle, frappé par l'érotisme indicible de cet instant.

Et, *thee mou*, comme je l'aimais en blanc…

Cette ferveur se cristallisa, plus puissante que jamais, lorsque Sadie pivota pour profiter pleinement de la vue, en offrant à la mienne son magnifique profil. Sa beauté me transperça. À tout juste trois mois de grossesse, elle n'avait pas beaucoup changé, mais des signes secrets s'épanouissaient ici et là. Son ventre révélait une courbe infime et ses seins étaient plus lourds, si délicieux que mes mains tremblaient de les caresser.

Peut-être émis-je un bruit de fascination : elle fit soudain volte-face, une main sur la liane de ses cheveux enflammés.

— Neo ! Je croyais que tu…

— Dormais ?

Mon Dieu, ce grondement frémissant venait-il vraiment de moi ? Elle hocha la tête, nerveusement, tandis que son regard courait sur mon corps. S'était-elle attardée sous ma ceinture ? La pression de mon érection ne faisait qu'augmenter et m'attirait irrésistiblement vers le bassin.

— Je t'ai réveillé ? s'enquit-elle.

— Je n'arrivais pas à dormir.

Elle leva légèrement le menton, sa gorge pâle offerte à mon regard avide.

— J'avais raison, n'est-ce pas ? poursuivis-je. Tu ne trouves pas que cette nuit a quelque chose d'extraordinaire ?

Bien trop extraordinaire pour trouver le sommeil.

— On ne se marie pas tous les jours, c'est tout. Ou alors, c'est juste que je ne suis pas habituée à cette île…

— Cela n'a rien à voir, et nous le savons tous les deux.

Je voulais qu'elle admette ce qu'il y avait entre nous, que son cœur battait aussi vite que le mien, que son souffle était saccadé. Elle me contemplait en silence, poudrée de lune et de fraîcheur, et sa splendeur brisa les dernières défenses de mon bon sens.

Je voulais la serrer contre moi. La dévorer. La conquérir, la posséder et me perdre dans l'extase.

J'attrapai une serviette et la tendis à bout de bras.

— Viens, Sadie.

Une exquise insolence illumina ses traits.

— Au cas où tu n'aurais pas remarqué, je n'aime pas qu'on me donne des ordres, Neo.

Nous restâmes une minute suspendus, immobiles. Son regard me défiait sans fléchir. Puis, elle se détourna, replongea dans l'eau sombre et nagea deux longueurs avant d'approcher du bord. Ses yeux dans les miens, elle posa un pied sur la première marche, puis un autre…

Chaque centimètre exhibé embrasait un peu plus la pulsion vorace qui se tordait dans mon ventre. Lorsqu'elle m'atteignit, j'étais hypnotisé, poignardé par la violence de ma convoitise. Si je l'enveloppais dans la serviette, ce n'était que pour pouvoir enfin la prendre dans mes bras.

Lorsqu'elle enlaça ma nuque, je retins de justesse un murmure lascif.

— Tu veux savoir pourquoi je ne suis pas dans ma chambre ? Pourquoi je suis sorti, tout en sachant que je ne trouverais pas la paix ?

Ses yeux verts tombèrent sur ma bouche.

— Parce que tu pensais à moi, déclara-t-elle à voix basse, en se pressant contre la preuve évidente de mon désir.

— Parce que tu me tentes plus que je n'ai jamais été tenté.

Malgré moi, je ris doucement. Que m'arrivait-il ?

— Contre tous mes instincts, j'ai faim de toi, ajoutai-je.

Son souffle trébucha, vif et sucré, et sa langue glissa sur sa lèvre inférieure. Je n'y tins plus ; je capturai sa bouche et la mordillai allègrement. Quand elle gémit, j'approfondis le baiser, avide et empli d'une exaltation furieuse. Je voulais la punir et la récompenser du cyclone rugissant sous ma chair. Sa langue trouva la mienne et je la goûtai, affamé de ses lèvres, non, de son corps entier, de son corps nu que je voulais savourer à son tour.

J'enfouis mes doigts dans l'épaisseur de sa chevelure mouillée et levai son visage vers moi. Un grognement de pure satisfaction vibra de ma gorge à sa langue.

— Tes cheveux sont une œuvre d'art, *pethi mou*.

— Neo…

J'avançai avec elle jusqu'à ce que le mur touche son dos et la douceur de ses courbes accueille mon buste.

— Et ta bouche, *Christos*, tu as la plus divine des bouches. Je n'ai pensé qu'à t'embrasser depuis la cérémonie, confessai-je en frôlant le creux de sa gorge, ce point sensible où je sentais galoper son pouls.

Ma main libre glissa le long de son corps ravissant, s'arrêta brièvement sur l'arabesque délicieusement pulpeuse de son sein avant de voguer plus bas pour presser le cœur brûlant entre ses cuisses.

— Je passe mon temps à t'imaginer avec tes bras, tes cuisses autour de moi, prête à m'accueillir.

Elle gémit contre ma bouche.

— Je ne devrais pas…

Je ne devrais pas te désirer si fort, et pourtant…

À travers l'étoffe humide de son maillot de bain, je la caressai de mon pouce en rêvant de le remplacer par ma langue. J'avais besoin de la toucher, elle, d'être au plus près, au plus intime. Je glissai bientôt mes doigts sous l'ourlet du bikini. Ses genoux vacillèrent, et elle murmura quelque chose que j'étais trop fiévreux pour comprendre. Trop…

Je remarquai enfin qu'elle avait encerclé mon poignet d'une main et posé l'autre sur mon torse.

— Neo… Nous ne pouvons pas faire ça.

Sa protestation était murmurée. Son visage étincelait de défi et de désir mêlés. L'ardeur feulait dans mes veines, mais je hochai la tête, prêt à retirer ma main.

Toutefois, ses cuisses se crispèrent pour m'emprisonner.

— Qu'est-ce qui nous en empêche, Sadie ? C'est ce que nous désirons tous les deux. Tu crois que je ne sens pas à quel point tu me veux ?

Ses joues s'empourprèrent, et ses cuisses se détendirent autour de moi. Ses mains m'abandonnèrent comme si je l'avais brûlée.

— C'est juste de l'attirance.

— Pitié.

— Cela ne veut rien dire, insista-t-elle. Et je te rappelle que c'est à cause du sexe que nous sommes coincés ici !

L'insulte me fit l'effet d'une douche froide.

— Oh ! « Coincés ici », bien sûr. C'est une terrible torture pour toi, peut-être ?

— Ne me fais pas dire ce que je n'ai pas dit. Ce bébé est peut-être une surprise, mais je suis prête à tout pour assurer son bonheur. Cela ne veut pas dire que je vais mettre en péril notre entente précaire pour une nuit de sexe. Si tu veux te faire plaisir, tu peux aller voir ai…

Elle s'interrompit brusquement, la gorge agitée par les mots qu'elle avait ravalés.

— Je peux aller quoi, Sadie ?

Elle secoua la tête, auréolée de gouttelettes translucides. Quand je glissai une mèche rousse derrière son oreille, son cœur bondit contre mes doigts.

— Tu ne peux même pas le dire, n'est-ce pas ? défiai-je avec une satisfaction sauvage. Croyais-tu qu'il serait facile de me donner des libertés que je ne désire même pas ?

Elle détourna le visage pour éviter mon regard.

— Je ne vois pas de quoi tu parles.

Mon rire acide lui arracha une œillade féroce. Je caressai sa joue, incapable de lui résister – même à cet instant.

— Vraiment ? Laisse-moi évoquer une hypothèse. Peut-être que ce mariage n'est pas aussi clinique que tu le voudrais ? Peut-être que la tentation te torture ? Peut-être que le plaisir serait réciproque ?

La voir gouverner ses émotions mises à mal était un spectacle aussi fascinant qu'admirable. Elle serra les dents.

— Prends-moi au sérieux, Neo. J'ai mes propres opinions et mes propres désirs. Je suis capable de savoir si je veux les écouter et les satisfaire. Cette étreinte a été agréable, mais elle ne vaut pas la peine que je risque notre équilibre. Donc il n'y aura pas de plaisir réciproque, et tu peux garder ta prétendue tentation pour toi. Bonne nuit.

Et de nouveau, elle m'abandonna à la tourmente de son absence. Je la désirais plus que je n'avais jamais désiré aucune femme, mais je ne la posséderais peut-être plus jamais. Cette idée me désarma si violemment que je m'adossai contre le mur, sonné. Je restai immobile dans la pénombre, longtemps après qu'elle et sa révolte avaient disparu derrière ses portes vitrées.

Pour la première fois de ma vie, une femme me refusait ses attentions.

Je me repris brutalement. Je pouvais me débarrasser de ce besoin infernal. Je rejoignis ma suite à grands pas. Une douche glacée apaisa un peu mon esprit en feu ; mais sur les talons de mon sang-froid, une révélation me frappa de plein fouet.

Peut-être n'avais-je pas négocié aussi bien que je l'avais cru. Parce que je… Parce que je voulais plus. Bien plus.

Et cette découverte me hantait toujours lorsque, quelques jours plus tard, j'entendis pour la première fois le cœur de mon enfant battre lors de la première échographie.

Je ne pouvais détacher mon regard du visage de Neo. Ses traits affichaient une myriade d'émotions ardentes pendant qu'il fixait le moniteur : une empreinte possessive, un éclair d'incertitude et d'appréhension. Peut-être avais-je encore des doutes sur ses motivations dans d'autres domaines, mais je ne pouvais ignorer la force de sa ferveur, à ce moment précis.

Pendant que le docteur mesurait et enregistrait les détails de l'examen, ses yeux accrochèrent les miens, étincelants, avant de revenir à mon ventre.

— *Dikos mou*, souffla-t-il.

Mien.

Son murmure réchauffa quelque chose en moi, quelque chose

de tendre et de profond. Et alors que mon cœur accélérait, j'en vins à me demander pourquoi je m'interdisais ce besoin si insatiable, si incessant.

La question n'était pas facile à ignorer, surtout à cet instant, alors que Neo se penchait vers moi, assis sur le bord du lit. Comme une fleur assoiffée de soleil, mon corps se tendit vers lui, incapable d'obéir à mon bon sens.

Je fus presque soulagée de voir le docteur se lever pour imprimer les deux photos de l'échographie. Neo attrapa la première pour la plier dans son portefeuille et me tendit la seconde ; nos doigts se frôlèrent sur le papier glacé. Nos regards étaient toujours liés. Dans les siens, une flamme dangereuse fit fondre une coulée volcanique au creux de mon bas-ventre.

Dieu merci, il se tourna vers le médecin qui répondit à nos questions avant de disparaître. Après avoir fermé la porte derrière lui, Neo revint et s'assit près de moi.

— Comment te sens-tu ?

— Assez bien pour aller travailler.

Il plissa les lèvres.

— Tu n'as plus de nausées matinales ?

— Non, elles ont cessé il y a plus d'une semaine.

— D'accord. Partons dans une demi-heure, alors.

Et d'un pas vif, il quitta la pièce.

Je me levai et tournai lentement sur moi-même, encore époustouflée par ma chambre, deux fois plus grande que mon ancien appartement, sans compter son immense dressing.

J'entrai dans la large pièce lambrissée du sol au plafond et passai mes doigts sur les rangs chamarrés de mes nouveaux vêtements. La veille, quand l'hélicoptère avait atterri dans le luxueux quartier de Voula, à quelques minutes du centre d'Athènes, j'avais été trop obnubilée par la proximité de Neo pour apprécier l'opulence de sa merveilleuse villa.

Évidemment, chaque centimètre rutilait de luxe et d'élégance. Toutes les pièces, spacieuses et aérées, étaient parquetées d'un marbre crème veiné de gris pâle et décorées de touches bleu sombre et perle. Niché à flanc d'une verdoyante colline, la maison surplombait un panorama à couper le souffle, couronné à l'horizon par l'Acropole.

Les employés parlaient anglais à la perfection, et, après m'être habillée, je suivis le majordome jusqu'au bureau de Neo. J'y entrai avec un frisson, invitée par sa voix chaude.

Quand je l'avais abandonné près de la piscine, samedi soir, j'avais cru parvenir à dompter une faiblesse fugitive. Mais chaque regard partagé, chaque mot murmuré m'avait prouvé le contraire. Je luttai de toutes mes forces pour garder un masque d'assurance, malgré le tourment de sa présence. Envoûtée par l'intensité de son aura, je songeais à ses mains sur moi pendant qu'il me guidait jusqu'au parking et m'ouvrait la portière de sa Maserati. Une fois installé, il pointa du doigt un cartable à mes pieds.

— Cette mallette est à toi, ainsi que la tablette que tu trouveras à l'intérieur. Elle contient trois rapports marketing. Je veux ton retour d'ici midi.

J'avais toujours su que Neo était un homme puissant et déterminé, mais le voir évoluer dans son milieu professionnel était absolument fascinant. À notre arrivée, il exigea la convocation des cadres de son équipe, auxquels il me présenta quelques minutes plus tard comme son épouse et sa stagiaire personnelle ; un double titre qui ne manquerait pas de provoquer des spéculations et me fit rougir.

Néanmoins, c'est quand il m'annonça une seconde décision unilatérale que je protestai.

— Neo ! Tu ne peux pas m'installer dans ton bureau ; ils vont t'accuser de népotisme !

Il arqua un sourcil.

— Absolument pas. Je ne vais pas te faciliter la tâche, Sadie. Si l'opinion de tes nouveaux collègues t'inquiète, tu n'as plus qu'à leur prouver ta valeur.

J'étais à la hauteur de son défi et j'allais le lui montrer. Pendant les trois vertigineuses semaines qui suivirent, je découvrais que Neo, au bureau, était aussi génial que tyrannique. S'il prenait de soin de moi avec une méticulosité absolue – il commandait des plats succulents à intervalles réguliers, me rappelait de prendre mes vitamines prénatales et exauçait mes vœux les plus insignifiants —, il n'hésitait pas à me mener la vie dure, professionnellement.

Gracieusement alangui dans le fauteuil qui lui servait de trône, il avait pris l'habitude de tester mes connaissances et mes théories ; sans pitié, il me déléguait les tâches les plus anodines et me laissait à peine le temps de retrouver l'équilibre avant de jeter le projet suivant sur mon bureau.

Et pendant ses rares moments de passivité, son regard d'argent s'attardait sur moi avec un intérêt non dissimulé.

Un jour qu'il m'observait ainsi, je relevai les yeux et, avec un sourire, abandonnai mon graphique pour le rejoindre.

— À quoi penses-tu ?

La question sembla le surprendre. Ombrées par ses longs cils, ses prunelles voguèrent lentement sur moi.

— Au blanc.

— Hum… Pardon ?

— Le blanc te va très bien. Tu ne devrais porter que cela.

Un frisson d'excitation trembla le long de mon échine, avivé par son autorité naturelle – celle que j'avais tant de plaisir à provoquer.

— Ah, encore un caprice du grand Neo Xenakis ?

Sa bouche esquissa le spectre d'un sourire.

— J'aimerais bien, mais nous savons très bien que tu ne céderais jamais… Pas sans contrepartie.

Sa riposte me surprit et me cingla. Je ne voulais pas de contrepartie. Ne le comprenait-il pas ?

En voyant mon expression, il s'assombrit instantanément.

— C'était un compliment, Sadie, pas un prélude à la dispute. Tu es très belle en blanc, c'est tout.

— Cela explique pourquoi mon dressing est presque monochrome, alors ?

— Tu m'as dit que tu n'aimais pas le shopping. J'ai simplement orienté les choix de la styliste, susurra-t-il. Mais si tu n'aimes pas, tu es libre de les renvoyer.

J'aurais aimé le défier encore un peu, mais, malheureusement pour mes tendances à la mutinerie, chaque pièce de ma garde-robe m'allait à la perfection. Je fis la moue, espiègle.

— Je vais faire un effort…

Avais-je imaginé l'éclair de soulagement sur son visage ?

Il contourna son fauteuil et s'assit sur le bord de son bureau, souple et félin. Il ordonna d'une voix basse :

— Viens ici, Sadie.

— Pourquoi ?

— Parce qu'il nous faut encore revoir les derniers détails de la présentation avant notre réunion.

Je n'étais pas dupe : dans ses yeux, d'autres intentions étincelaient férocement. Et malgré tout… j'étais incapable de résister à ce timbre hypnotique. J'avançai jusqu'à lui à pas lents. Il posa ses mains puissantes sur mes hanches et m'attira entre ses cuisses ; noyée dans son regard clair, je peinai à reprendre mon souffle.

Et, soudain, un petit miracle brisa ma tension.

Je sentis le plus adorable, le plus délicat des frémissements au creux de mon ventre.

— Oh !

Il haussa les sourcils.

— Que se passe-t-il ?

— J'ai senti…

Une émotion pure, sans retenue, illumina son visage.

— Le bébé ?

Son murmure grave, empli d'une ferveur incommensurable, me saisit le cœur.

— D'après ce que j'ai lu, il devrait commencer à…

De nouveau, un tremblement m'arracha un « oh ! » de surprise, et Neo se tut brutalement. Son regard tomba sur mon ventre ; impulsivement, sa main quitta le bureau mais resta suspendue entre nous.

— J'aimerais beaucoup pouvoir te toucher, Sadie.

La demande n'était qu'un souffle. En retenant mes larmes, je hochai lentement la tête. Il exhala et posa sa paume tiède sur mon ventre. Neo laissa échapper une exclamation incrédule en sentant le bébé bouger sous ses doigts. Nous restâmes immobiles pendant de longues minutes.

Il leva ses yeux d'orage vers moi.

— J'ai dit que tu étais belle, mais le mot ne te rend pas justice, tu sais. Tu es rayonnante.

Sa main quitta mon ventre pour caresser ma joue.

— Lumineuse. Je n'ai jamais vu une chose pareille.

— C'est… C'est la grossesse, pas moi.

Sa bouche se plissa sur une moue curieusement vexée.

— Es-tu donc si déterminée à ignorer mon admiration et refuser mes compliments ?

— Neo…

— Peu importe. Profitons de cet instant, hum ?

Nous nous tûmes, proches et complices au creux de cette parenthèse bouleversante, jusqu'à ce que le téléphone nous fasse tous les deux sursauter. Je reculai brusquement, un pas hors de son étreinte, un retour brutal à la réalité.

La réalité… Un mariage contrat, et rien de plus.

Je n'avais pas le droit de me faire des illusions. Il était temps d'enfermer mes sentiments trop dangereux et trop tendres derrière une porte imprenable et d'en jeter la clé.

Pendant qu'il répondait au téléphone, je m'échappais en m'admonestant mentalement. Quand je revins, une demi-heure plus tard, il était toujours dans son bureau. Il arqua un sourcil amusé en voyant le gâteau que j'avais dans la main.

— Qu'est-ce que c'est ?

— C'est un cupcake, Neo. Trop plébéien pour toi ?

— Je sais ce qu'est un cupcake, Sadie. Je parlais de cela.

De son nez princier, il pointa la bougie plantée dans le glaçage multicolore.

— Une bougie. C'est mon anniversaire.

Son rictus se figea sur ses lèvres.

— Ton… quoi ? Si c'est un stratagème pour…

— Tu peux vérifier l'information sans difficulté, tu sais.

L'étincelle de méfiance mourut aussi vite qu'elle était venue et ne laissa dans son sillage qu'un élan de perplexité.

— Comment… tu ne vas pas chanter ? dis-je en souriant.

Au lieu d'une remontrance, je ne trouvai qu'un éclair d'amusement sur son beau visage ciselé. Je ne pus m'empêcher de sourire devant le plaisir évident qu'il prenait au duel verbal ; Neo Xenakis n'avait sans doute pas été souvent titillé. Cependant, il me rejoignit à grandes enjambées, me retira mon cupcake et attrapa ma main.

— Qu'est-ce que tu fais ? Et surtout, pourquoi essaies-tu de me séparer de mon gâteau d'anniversaire ?

Il rit doucement, non pas sans une moue dûment honteuse.

— Je suis désolé, Sadie. Notre réunion a été avancée, et elle commence maintenant.

— Quoi ? Mais…

— Tu as aidé l'équipe à décrocher ce contrat, et le ministre des affaires portugais est là en personne. Je ne pense pas que tu veuilles le faire attendre pour les beaux yeux d'une sucrerie achetée au distributeur ?

— Au distributeur ? Elle vient du restaurant. Je crois que le chef est en lice pour une étoile au *Michelin* !

Il m'entraînait déjà à sa suite, son portable dans l'autre main. Avec quelques mots de grec jetés dans le combiné, il m'ouvrit la porte de la salle de réunion, un sourcil haussé à mon intention.

— Règle numéro un, n'empêche jamais une femme enceinte d'assouvir ses envies, lui dis-je, menaçante.

Je n'avais pas eu l'intention de sous-entendre quoi que ce soit, mais l'allusion crépita entre nous comme une invitation, bruissant d'un désir à peine maîtrisé.

Son sourire s'aiguisa, aussi sulfureux qu'une morsure.

— J'assumerai les conséquences, juste cette fois-ci.

Sa voix s'était faite plus basse. Plus profonde. Rugueuse de sensualité. Mes yeux suivirent la courbe exquise de ses lèvres. J'inspirai difficilement.

— Le ministre nous attend, Sadie. Et il ne serait pas très

correct de faire l'amour à ma femme sous son nez avant même de nous être présentés, tu ne crois pas ?

Sa femme. C'était la première fois qu'il m'appelait ainsi depuis le jour de notre mariage…

La réunion se solda par un tourbillon d'objections efficacement rejetées ou résolues. Notre équipe répondait avec une cohésion parfaite, et Neo n'hésitait pas à me donner la parole, en récompensant mes réponses d'un hochement de tête satisfait.

Désirait-il me donner une chance de prouver ma valeur et mon expertise ? Quoi qu'il en soit, j'étais sincèrement heureuse d'avoir eu l'opportunité de défendre le fruit de mon labeur. J'avais réussi à relever le défi de son implacable exigence. Peut-être souriais-je trop largement, trop chaleureusement en sortant de la réunion : lorsqu'il croisa mon regard, un éclair de détermination rayonna sur le visage de Neo, et il m'entraîna à sa suite d'un pas vif.

— Une autre urgence ? m'enquis-je.

— Je te libère pour le reste de la journée.

— Si je prends la journée, je ne pourrai pas terminer le travail que tu m'as donné.

Il haussa les épaules en entrant dans l'ascenseur puis pressa le bouton du parking souterrain, où un voiturier nous attendait avec les clés de la Maserati.

— Changement de programme, dit Neo une fois en route. J'ai besoin que tu m'accompagnes quelque part ce soir.

— Oh ? Comment dois-je me préparer ?

J'avais été heureuse de travailler le jour de mon anniversaire – car travailler avec Neo était un péché mignon que je savourais en secret —, mais affronter des inconnus dans le monde du luxe qui m'était si étranger était une autre affaire.

— Pas besoin de préparation. Mets-toi seulement sur ton trente et un.

Et, sur cet alarmant conseil, il sombra dans le silence. Arrivé à la villa, il s'excusa et disparut dans son bureau. Perplexe, je me faufilai jusqu'au dressing pour choisir ma tenue. Finalement, j'optai pour une robe longue asymétrique, taillée dans du tulle et du satin, et des chaussures à talons champagne. Sans bijoux, si ce n'était ma sublime bague de fiançailles et mon alliance, je m'apprêtais aller rejoindre Neo lorsqu'il toqua doucement à la porte.

Lorsqu'il poussa la porte, je réprimai de justesse une exclamation éblouie. Il avait troqué son costume professionnel pour un smoking coupé à la perfection, une chemise de soie sombre, une cravate plus sombre encore, et des chaussures cirées. Ses cheveux, encore humides, nonchalamment repoussés en arrière, soulignaient la forme aiguë de ses pommettes hautes et de l'adorable fossette qui creusait son menton.

Lui aussi me buvait des yeux. Ses prunelles coururent sur mon épaule nue et l'écume décadente de ma jupe avant d'accrocher mon regard.

— Tu es magnifique.

Il avait un talent inné pour exprimer son admiration sans compromettre son assurance, et la combinaison des deux fit flageoler mes genoux avant qu'il ne m'offre son bras. Je glissai ma main sous son coude pour le suivre, non pas dans le garage, mais, à ma grande surprise, à travers la baie vitrée et jusqu'à l'héliport. Il m'aida à grimper dans l'hélicoptère, puis s'attacha près de moi.

— Vas-tu me dire où nous allons ?

Il ne m'offrit qu'un sourire délicieusement mystérieux.

— Tu le sauras très bientôt.

L'appareil décolla et fila droit vers l'horizon pendant quelques minutes avant d'entamer sa descente. Quand il s'inclina légèrement de côté avant d'atterrir, je compris.

Nous descendions vers l'Acropole.

Elle s'élevait comme un joyau sur le ciel sombre, brillant de mille feux.

— Il y a une réception ici ? demandai-je, époustouflée.

Neo se contenta de rire puis m'aida à descendre de l'hélicoptère. Je savais que des visites pouvaient être organisées de nuit comme de jour, mais l'Acropole était déserte – à l'exception d'une poignée d'agents silencieux, parmi lesquels je remarquai Wendell.

Neo arborait toujours un masque énigmatique. Mon cœur accéléra. Au Parthénon, je ralentis le pas pour contempler la magnificence des lieux, mais Neo m'attira en avant.

— Nous pourrons demander une visite privée tout à l'heure, si tu veux. Mais pas tout de suite.

Et quand je découvris pourquoi, un sentiment sacré monta de mon âme et s'offrit à Neo, absolu, délicat et vulnérable. Sans réserve. Sans volonté d'être préservé.

Il n'y avait pas de réception. Pas de client. Juste un dîner aux chandelles, au cœur du temple d'Athéna.

— Neo, que faisons-nous ici ?

Il s'avança pour tirer ma chaise ; cet homme cynique, autoritaire, terriblement magnétique, me dédia un sourire si fier et si tendre que mon cœur rayonna dans ma poitrine.

— Tu as joué un rôle capital dans la signature d'un contrat très important, aujourd'hui, répondit-il d'un ton faussement dégagé. Et puis, accessoirement, c'est ton anniversaire.

Ma gorge se noua.

— J'ai appelé le médecin de ta mère au centre de réhabilitation, mais elle m'a déconseillé de demander à la faire sortir aussi rapidement. *Syngnómi*. Je suis désolé.

— Ce n'est pas grave. Je préfère que son traitement se déroule au mieux.

Et quelque part, malgré tous les avertissements que me soufflait ma raison, j'étais heureuse de ne partager ce moment qu'avec lui. D'avoir Neo pour moi toute seule.

Je n'arrivais pas à croire qu'il avait fait annuler les visites pour la soirée, qu'il avait engagé un chef, organisé un repas merveilleux et tout fait transporter jusqu'ici. En quelques heures. Pour me rendre heureuse. Et face à lui, dans la lueur des bougies, je vacillai au bord d'un abîme périlleux, débordant d'espoirs impossibles et de fantasmes interdits.

Pendant le dîner, nous bavardâmes facilement, complices et détendus entre les hautes colonnes nimbées de mythe. Cependant, le clou du spectacle n'apparut qu'au dessert : un énorme gâteau d'anniversaire en forme de cupcake, avec une unique bougie plantée dans le glaçage multicolore. Je ravalai difficilement mes larmes pendant que Neo me guidait jusqu'au chariot d'argent.

— Tu as fait un vœu… s'amusa-t-il en me voyant fermer les yeux avant de souffler la bougie.

— Oui. Cela t'étonne ?

— Les vœux ne servent rien. Seule la réalité importe.

Je croisai les bras.

— C'est mon anniversaire, Neo. Je t'interdis d'être rabat-joie. Garde ton pessimisme pour demain, d'accord ?

Visage incliné, il me fixa un long moment avant de hocher la tête, brusquement, solennellement.

— Tu as raison. Je peux t'offrir mon cadeau ?

Il sortit une longue boîte élégante de sa poche intérieure. Avant qu'il ne l'ouvre, je posai mes doigts sur les siens.

— Je n'ai pas besoin d'un cadeau, Neo. Tout cela…

Je désignai le dîner d'un geste.

— C'est largement suffisant. C'est déjà trop.

Un sourire, et il ouvrit l'écrin. Un magnifique collier serti de rubis et de diamants étincelait sur le velours sombre. Je ne pus retenir une exclamation émerveillée.

— Tu ne veux peut-être pas de cadeau, mais il est tout de même à toi. Porte-le, déclara-t-il de ce ton sans appel que j'avais appris à reconnaître entre mille.

— Parce que cela te fera plaisir ? devinai-je, espiègle.

— Non. Parce qu'il sera magnifique à ton cou. Parce que les rubis vont avec ta chevelure si merveilleuse.

Ses compliments se lovèrent au creux de mon cœur. Touchée, je pivotai pour le laisser attacher le collier autour de mon cou. Lorsque je me tournai de nouveau vers lui, il m'admirait sans réserve.

— Tu as un petit faible pour mes cheveux, pas vrai ? dis-je en souriant dans l'espoir de dissimuler ma timidité soudaine.

Je m'étais attendue à une riposte acérée ; mon cœur rata un battement lorsqu'une ardeur torride transforma ses traits.

Avant que je ne puisse reprendre mon souffle, il avait capturé mes épaules et m'attirait à lui.

— J'ai un faible pour toi, Sadie. Pour toi tout entière.

Et, à la suite de son murmure, il se pencha vers moi. Incapable de résister à la convoitise qui me tourmentait depuis des semaines, je me hissai sur la pointe des pieds et jetai mes bras autour de sa nuque pour trouver ses lèvres. En un battement de cœur, toutes nos sensations ignorées, frustrées, maîtrisées, explosèrent entre nous dans un éclat de feu et de passion. Avec un désespoir fébrile, nous nous accrochâmes l'un à l'autre pour que nos corps se rencontrent, que nos lèvres se dévorent, que nos désirs enfin se repaissent.

Lorsque nous nous séparâmes, nous haletions à l'unisson, et je trouvai sur le visage de Neo une excitation aussi irrépressible que la mienne. Ses mains couraient encore sur mon corps et laissaient dans leur sillage un chemin sulfureux, flamboyant de promesses, tentateur à faire rugir mon sang. Bouche bée, je le vis s'agenouiller devant moi, ses larges mains comme un tendre étau autour de mes hanches, et embrasser la courbe de mon ventre sous la soie. Quand il se redressa, ses yeux brillaient d'orage et de tumulte. Ses doigts brûlèrent ma nuque en inclinant mon visage vers le sien.

— Je te veux, Sadie. Dans mon lit. Je veux t'offrir un plaisir indescriptible.

Je me sentis chanceler sous le sortilège de ses mots, de ses mains ; mais je m'accrochai aux derniers vestiges de ma détermination. Car Neo ne m'offrait qu'une nuit de volupté.

Et je désirais bien plus que cela ; et c'était ce rêve insensé qui me poussait, ce soir, à secouer la tête.

— Je ne peux pas, Neo. Je ne peux pas succomber pour une liaison éphémère qui compliquera toute notre vie.

Son visage s'assombrit, mais il hocha la tête. Le silence pesa entre nous sur le chemin du retour, jusqu'à ce qu'il me souhaite bonne nuit à la porte de ma suite.

En me déshabillant, j'aperçus mon reflet dans la psyché et me figeai une seconde, ébahie par la beauté du collier sur ma gorge. Consumée par le souvenir du regard de Neo quand il l'avait attaché à mon cou.

« J'ai un faible pour toi… Pour toi tout entière… »

Avais-je fait une erreur ? Avait-il murmuré le souhait secret que je n'osais pas dire tout haut ?

Je jetai un œil à mon réveil. Il n'était que 22 heures. Mon anniversaire touchait à sa fin ; mais peut-être…

Peut-être avais-je encore le temps de réaliser un dernier vœu.

9.

Je me glissai hors de ma chambre avant que le courage ne m'abandonne. En toquant à sa porte, je n'obtins qu'une réponse brusque. La main moite, je fis tourner la poignée.

Il était allongé au milieu de son lit immense, torse nu et couvert à la taille par des draps de satin émeraude. Pendant plusieurs secondes, il se contenta de me fixer en silence.

Tendu et circonspect, il arqua simplement un sourcil. La gorge nouée de nervosité, j'avançai de quelques pas.

Avec une cruelle lenteur, son regard caressa mon corps en s'attardant sur ma gorge encore ornée de rubis, puis mes seins, mes hanches, le long de mes jambes, avant de revenir à l'ourlet de ma nuisette, haut sur mes cuisses. Il déglutit difficilement puis accrocha mon regard de ses prunelles impétueuses, un écho de ma propre tourmente.

— Tu voulais quelque chose, Sadie ?

Son accent était plus fort, imprégné d'un désir sombre.

— Qu'est-ce que tu voulais dire, à Neostros, quand tu m'as accusé de te donner des libertés dont tu ne voulais pas ?

Un éclair de défi brilla sur son visage.

— Même si tu ne veux pas partager mon lit, je n'ai pas l'intention de fauter. Ce soir, j'ai supposé que les termes de notre contrat pourraient potentiellement être renégociés. Mais tu m'as détrompé. Cela ne change pas que j'abhorre l'infidélité, et si c'est ce que tu veux proposer…

— Non ! m'exclamai-je, mue par une terrible, féroce jalousie. Non, non, ce n'est pas pour cela que je suis là.

— Je t'écoute, ma chérie, mais fais vite. Je ne vais pas pouvoir supporter cette torture bien longtemps. Même de la part de ma femme, même le jour de son anniversaire, et surtout pas quand tu as l'air tout droit sortie d'un fantasme.

Il sembla remarquer, pour la première fois, que je me tordais les mains. Son visage s'adoucit, et il se redressa.

La bouche sèche, les entrailles en feu, j'admirai le mouvement souple de son buste dénudé et sculptural.

— Viens, Sadie.

Je secouai la tête, les jambes tremblantes.

— Je crois que tu vas devoir venir me chercher.

Plutôt qu'une repartie bien placée, il serra les doigts sur les draps de satin, la mâchoire crispée, sans me quitter des yeux. J'aurais presque pu croire que… Neo était nerveux.

Puis, brusquement, comme on saute dans le vide, il sortit du lit. Pour la première fois, je voyais Neo nu, dans toute sa magnifique, souveraine splendeur.

Pour la première fois, je voyais les cicatrices escarpées qui zigzaguaient de sa hanche gauche à son pelvis et ne s'arrêtaient qu'à quelques centimètres de son membre dressé.

Ma main vola jusqu'à mes lèvres, mais n'étouffa pas mon exclamation de souffrance. Dieu du ciel, c'était donc pour cela qu'il avait été déclaré stérile ?

Neo releva son menton arrogant, le regard coupant comme une lame, et se fendit d'un rictus empreint de venin. Il n'avait pas frémi face à ma réaction. Non, il était resté fier et déterminé. Il s'avança de son pas félin, nu et sans honte.

— Que se passe-t-il, Sadie ? la défia-t-il d'un ton traînant. C'est trop pour toi ? Vas-tu t'enfuir encore une fois ?

Je levai les yeux vers les siens, choquée.

— M'enfuir ? Pourquoi ferais-je une chose pareille ?

Sur son visage comme dans sa voix, sa bravade vacilla.

— Mon apparence ne te fait pas horreur ?

— Bien sûr que non. Je souffre que tu aies dû endurer une telle blessure, c'est tout.

Il plissa les lèvres.

— D'expérience, je sais que mes cicatrices provoquent trois réactions. L'horreur, la pitié, ou l'indifférence.

— Désolée de te décevoir, mais aucune de ces catégories ne me correspond.

De nouveau, il me scruta en silence.

— Neo, si tu continues à douter de moi, je m'en vais.

Il attrapa ma main avant que je ne me détourne.

— Si tu n'es pas là pour me torturer, *pethi mou*, alors pourquoi es-tu venue ? souffla-t-il d'une voix rauque.

Il était resté tout proche, sans me toucher, la poitrine agitée par le rythme de sa respiration saccadée, son impressionnante érection fièrement dressée. Avec difficulté, je m'arrachai à la contemplation de son corps envoûtant.

— Pour te dire que j'ai changé d'avis. Que je… veux…

Mon Dieu, les mots m'échappaient avant d'atteindre ma gorge. Mais comment pouvais-je encore réfléchir, alors qu'il était si magnifique ? Alors qu'il avait faim de moi, aussi incroyable que cela puisse paraître ?

— Je veux… tout, murmurai-je.

— Tout ? Donne-moi des détails, Sadie.

Mais ma gorge était nouée, ma bouche muette.

— Peut-être que tu peux me montrer, hum ?

Son encouragement sonna le glas de mes dernières défenses. Mes mains s'élevèrent pour toucher l'étendue dorée de sa peau, frôlèrent une longue cicatrice le long de sa hanche. Il frémit sous mes doigts.

— Pardon ! Je ne voulais pas te faire mal.

Il secoua la tête et rattrapa ma main.

— Tu ne me fais pas mal, au contraire.

Je levai les yeux vers son visage tendu. Sous le sang-froid mis à mal, je trouvai une émotion que je ne savais nommer, brillante dans son regard, tendre sur ses traits.

— Je n'ai jamais laissé personne m'explorer. Pas après…

Pourquoi cet aveu me touchait-il si profondément ?

— Continue. S'il te plaît, ajouta-t-il.

Je lui souris et laissai mes doigts tracer le relief de son

traumatisme. Quand j'atteignis son bas-ventre, ses abdominaux ciselés se crispèrent, mais il ne m'arrêta pas. Enhardie, j'éclipsai d'un pas les quelques centimètres qui nous séparaient encore. La chaleur de sa peau m'enveloppa.

— Tu veux bien me raconter ce qu'il s'est passé ?

Il ne m'avait pas quittée des yeux. Il hocha la tête.

— Oui. Mais tout à l'heure. Ne t'arrête pas.

Comment résister à une invitation si alléchante ?

Je caressai ses épaules, son buste svelte, ses cuisses puissantes, mais évitai cruellement sa virilité rigide, jusqu'à ce qu'il gronde de frustration et me fasse basculer dans ses bras. Après m'avoir déposée sur le lit, il me retira ma nuisette et ma culotte, mais laissa le collier. Puis, toujours debout, il me contempla de son regard incandescent.

— Notre première fois a été trop rapide. Mais cette fois, je veux prendre mon temps, apprendre ce que tu aimes. Montre-moi ce que tu désires. Tu veux bien, *pethi mou* ?

Je hochai la tête, assourdie par mon propre pouls. Il posa une main sur mon sein, et l'autre dans le creux brûlant entre mes cuisses, et ses yeux me dévoraient avidement alors que je m'arquai sous sa caresse.

— Je veux voir toutes les expressions de ton plaisir. Je veux te regarder dans les yeux quand tu jouiras pour moi.

Il attira mon téton tendu entre ses lèvres. La chaleur envoûtante de sa langue m'arracha un soupir étranglé, puis une exclamation viscérale quand ses doigts me massèrent savamment, au cœur secret de l'extase.

— Je veux t'entendre perdre la tête, exactement comme cela, *moro mou*.

— Neo, tu vas me…

— Laisse-toi aller, Sadie. Je te récompenserai.

— Comment ? dis-je en gémissant.

Un sourire arrogant courba sa bouche si désirable.

— En me donnant à toi autant que tu le voudras. Cela te ferait plaisir ?

— Oui !

— Alors abandonne-toi à moi. Maintenant, m'ordonna-t-il.

Et sous l'impulsion de son exigence et de sa main experte, je lui offris ma jouissance sans aucune retenue. Submergée par une volupté vertigineuse, je criai à m'en brûler la gorge, et m'arquai sous le brasier de son regard.

Neo continuait de faire pleuvoir des baisers et des murmures sur mon corps, de nourrir mon plaisir jusqu'à ce que je retombe d'épuisement béat. Jusqu'à ce que, le souffle court, je l'accueille dans mes bras alors qu'il grimpait sur le lit, écartait mes cuisses et se plaçait au-dessus de moi.

Malgré mes muscles encore tremblants de fièvre, je réagis aussitôt, transportée par la vision de Neo, si fort et si ensorcelant ; si bouleversant de beauté que mon cœur se serra, et la parole me manqua.

Ses yeux fervents plongèrent dans les miens.

— Touche-moi, Sadie.

Je pris son visage entre mes mains. Je savourai la texture de sa barbe naissante et la courbe de son sourire pendant qu'il embrassait le creux de ma paume. Puis, avec la même minutie que lui, je cherchai ses faiblesses les plus torrides, jusqu'à ce que son souffle trébuche et son ventre se crispe.

Les yeux dans les siens, je l'enlaçai enfin de mes cuisses. Notre lien viscéral flambait entre nous, palpitant de passion. Nos désirs entrèrent enfin en collision, à l'instar de deux astres, sur son premier, puissant coup de reins. Lorsqu'il se mit à bouger en moi, une joie ineffable m'engloutit. À cet instant, sous la chaleur de son corps, j'étais comblée de Neo, comblée bien au-delà de notre plaisir charnel – et mes yeux s'emplirent de larmes, mes gémissements s'accélérèrent, mes bras se resserrèrent plus ardemment sur sa nuque.

Car je savais – pendant que nos corps moites fusaient l'un vers l'autre, pendant que sa bouche se mêlait à la mienne dans un grondement affamé, pendant que nous basculions à l'unisson dans l'abîme de l'extase – je savais que ce qu'il y avait entre nous ne serait plus jamais que du sexe. Pas pour moi.

Et ce sentiment sublime me terrifiait.

Après l'orgasme, épuisée mais rassasiée, je caressai la trame douloureuse de sa cicatrice, le cœur serré.

— Alors, était-ce un accident d'hélicoptère ou une chute de ski ? Les magazines ne s'accordent pas.

Il se raidit légèrement et lâcha un rire amer.

— Il faut dire que la vérité est le cadet de leurs soucis.

Il se tourna vers moi, intime dans la pénombre.

— J'étais sur une piste noire, à Gstaad. J'avais déjà descendu ce circuit des dizaines de fois, mais l'expertise et l'habitude ne pallient pas l'inattention.

Sa voix était tendue à craquer. Je fronçai les sourcils. Neo ne jouait jamais avec le feu sans assurer ses arrières. Il contrôlait chaque risque, chaque danger.

— Qu'est-ce qui t'a distrait ?

— Anneka adorait la station de ski, ses habitués, son luxe. Le soir, elle préférait faire la fête avec la jet-set sans moi, et cela ne me dérangeait pas. Mais quand elle m'a dit qu'elle était enceinte…

Il s'interrompit en sentant mon sursaut de surprise.

— Ta fiancée était enceinte ?

Il hocha la tête, abrupt, les dents serrées.

— Mais j'avais commencé à soupçonner que Gstaad avait pour elle d'autres attraits que les sports d'hiver.

— Oh ! Neo. Elle te trompait ?

— Je savais qu'elle me cachait quelque chose, mais elle a tout nié en bloc et… j'ai décidé de la croire. Elle m'a convaincu de lui laisser quelques jours de plus à Gstaad avant de me rejoindre à Athènes. Le matin de mon départ, elle avait prévu de descendre la piste noire. Elle skiait extrêmement bien, mais elle était enceinte, et j'étais inquiet de la voir partir seule. Alors je l'ai accompagnée. Il a commencé à neiger presque immédiatement. J'ai perdu Anneka de vue, et j'étais préoccupé, trop fébrile…

Il se tut, les yeux hantés par le souvenir de sa souffrance.

— Je suis sorti du coma trois semaines plus tard, juste au bon moment. Elle était dans ma chambre, au téléphone avec son amant. Ils discutaient de la meilleure façon de faire passer son enfant pour le mien, le temps que je lui passe la bague au doigt et lui laisse ma fortune en pâture. En moins d'une heure, j'avais découvert que je n'étais pas le père de son bébé, que ma fiancée était infidèle et cupide, et que je ne pourrais jamais avoir d'enfants à cause de mon accident.

Son regard tumultueux trouva le mien.

— Tu comprends pourquoi j'ai réagi de cette façon, quand j'ai découvert que tu avais détruit mon dernier échantillon ?

Sa voix venimeuse me cingla comme un coup au visage. Oh ! oui, tous les morceaux se recollaient. Et une impression glacée m'engloutit : la certitude que j'avais été jugée et mesurée pour chacune de mes actions, à cause des actes d'une autre femme.

— Alors quoi, je suis ton projet 2.0 ? m'exclamai-je.

— Pardon ?

— Tu m'as accusé de mentir quand je t'ai annoncé que j'étais enceinte. D'essayer de faire passer l'enfant d'un autre pour le tien. En quoi suis-je différente de ta fiancée ?

Il se redressa vivement, calé sur un coude.

— Déjà, nous sommes mariés. Qui plus est, tu regardes à peine les cadeaux dont je te couvre. Tu ne cherches à aller nulle part, tu ne dissimules rien. La simple idée d'une soirée mondaine te fait grimacer.

— Je vois. Mon seul mérite, c'est que je ne suis pas une croqueuse de diamants en pâmoison devant la dizaine de voitures de sport que tu collectionnes dans ton garage ? Peut-être que j'attends juste le bon moment pour frapper fort, Neo.

Il haussa un sourcil insolent, visiblement amusé.

— Et quel est ton plan, exactement ?

— Fais-moi confiance, j'ai de la ressource.

— Sadie, arrête. Tu veux savoir ce qui te différencie d'Anneka ? Ce que tu aimes, ce qui te stimule, ce qui t'anime, c'est ton travail. Tes yeux étincellent quand tu es dans la salle de réunion. Quand tu défies tes supérieurs en proposant des idées plus ambitieuses, plus efficaces. La seule chose qui excitait vraiment Anneka, c'était le shopping, les soirées et le ski, et seulement dans le luxe. Elle n'avait que vingt-cinq ans, mais sa carrière était déjà terminée parce que tout le monde savait, dans la mode, qu'elle était dilettante et paresseuse. Parfois, nous restions séparés pendant des semaines ; elle préférait voler d'un bout à l'autre du monde dans mon jet privé plutôt que de passer du temps avec moi.

Je fronçai les sourcils.

— Alors qu'est-ce que tu lui trouvais ?

— Au bout de quelques mois de relation, nous ne nous croisions que rarement. Je m'apprêtais à rompre avec elle quand elle m'a annoncé qu'elle était enceinte.

Comme moi. Je n'aurais jamais revu Neo sans ma grossesse. J'inspirai profondément pour ravaler mes larmes.

— Il y a une autre différence fondamentale, dit-il.

Je détestais ces comparaisons. Je détestais l'entendre parler d'Anneka, entendre ses lèvres former son nom. Mais j'avais posé la question, et une curiosité masochiste me brûlait encore. Je voulais tout savoir de Neo, savoir comment il s'était construit, connaître toutes ses pensées, tous ses désirs.

— Je t'en prie, éclaire-moi.

Il ignora le sarcasme. Il me scrutait d'un regard incisif, comme si cette liste lui était nécessaire. Essentielle. Peut-être avait-il besoin d'énumérer mes qualités pour se convaincre de mes mérites ? Et si rien de tout cela ne suffisait ? Si, moi, je ne suffisais pas ? Une angoisse sombre déchirait mes entrailles. Je l'écoutais en silence, la gorge nouée.

— Tu as signé le contrat prénuptial sans hésiter. Anneka a engagé une équipe d'avocats pour renégocier chaque clause. Elle insistait notamment pour hériter de toute ma fortune, y compris les sommes destinées à des organisations de charité, si je venais à mourir pendant que nous étions mariés. En réunion, ton souci du détail est exceptionnel, mais je serais prêt à parier que tu ne te souviens même pas du pack financier inclus dans le prénuptial.

— Je ne me suis intéressée qu'aux protections prévues pour notre enfant.

Il hocha la tête en riant doucement.

— Tu ferais une piètre voleuse, Sadie.

Mais j'étais incapable de répondre à sa légèreté, toujours consumée par une détresse diffuse, fiévreuse.

Neo était resté avec Anneka parce qu'elle était belle, vive, mais surtout parce qu'elle portait son bébé. Et si ces dernières semaines m'avaient appris quelque chose, c'était que Neo ferait tout pour être père.

Cet amour absolu s'arrêtait à son enfant. J'en étais consciente. Je savais qu'il ne ressentirait jamais une chose pareille, pas pour moi, pas après ce que cette femme lui avait fait subir, pas après la souffrance que je lui avais infligée le jour de notre première rencontre. Et pourtant la jalousie me dévorait le cœur. Je n'étais qu'un réceptacle. Je portais son désir le plus cher et, lorsque j'aurais accompli ma mission… Combien de temps avant qu'il ne me relègue à la place que je méritais ? Celle d'un simple accessoire ?

— D'accord, dis-je. Tu me trouves plus honnête que le premier modèle. Mais tu ne sais toujours pas si tu peux me faire confiance, n'est-ce pas ?

— Je ne fais pas facilement confiance, c'est tout.

— Non, c'est trop facile. Tu martèles que je suis différente de ton ex, mais qu'est-ce que ces différences signifient pour toi, Neo ?

— Je n'en sais encore rien, répondit-il, et cette distance que j'avais crue disparue pour toujours resurgit entre nous, violente comme une porte claquée.

— Alors je dois te prouver ma valeur ? Ou tu comptes attendre le résultat du test de paternité pour me respecter réellement ? Cesser de me comparer à elle ?

Il se contenta de faire la moue. J'avais le souffle court, le ventre noué par une poigne de pierre et d'acier. Lentement mais sûrement, depuis cette première nuit à Neostros, je m'étais laissée ensorceler par une illusion. Il ne s'agissait pas seulement d'assurer l'avenir de mon bébé. J'avais tendu la main, tendu le cœur, saisi ce que je désirais saisir malgré la peur que les conséquences me dévastent. Et ce soir…

Je me redressai mais me figeai quand il attrapa ma main.

— Où vas-tu ?

— Je vais me doucher. Toute seule.

Une tension maîtrisée ondulait sous ses muscles crispés. Il plissa les yeux, féroce.

— Nous ne pouvons pas revenir en arrière, Sadie.

— C'est vrai. Nous ne pouvons pas revenir en arrière, et tu es clairement incapable d'avancer.

Mon accusation résonna comme une gifle.

— Si tu préfères stagner, tant mieux, repris-je fermement. Ce n'est pas mon cas.

— Explique-toi, s'il te plaît.

— Tout le monde dit que tu es un petit génie, Neo. Je suis sûre que tu peux comprendre tout seul.

Comme je me relevai tout à fait, il me délivra ; et ce geste machinal, alors même que je priais pour qu'il me retienne, me prouva ce que je n'avais pas voulu voir.

Neo chercherait toujours à assurer ses arrières. À renforcer ses défenses. À se protéger de tout et de tous. Il ne laisserait jamais entrer personne dans sa tour d'ivoire.

Je n'avais aucune chance.

Je laissai mes larmes couler dans le secret de la salle de bains, sous le jet brûlant de la douche ; mais ce que je ne savais pas encore, c'est que mon agonie ne faisait que commencer.

« Je suis sûre que tu peux comprendre tout seul. »

Je luttai contre la panique que ces quelques mots avaient fait naître en moi. Nous étions mariés. Nous avions passé un accord !

Notre conversation m'avait permis d'exprimer ce que je savais inconsciemment depuis longtemps : Sadie était une femme extraordinaire. Une femme dont j'étais fier d'être l'époux ; une femme qui avait compris mes failles les plus secrètes. Étais-je même capable de satisfaire ses besoins, de comprendre son cœur, d'être un bon père ?

Notre étreinte m'avait permis d'entrapercevoir un état d'apaisement dont je n'avais jamais fait l'expérience. *Theos mou*, Sadie était la tentation la plus innocente, la plus pure qui soit. J'aurais dû être satisfait. J'aurais dû être repu.

Mais ses mots avaient creusé le gouffre qui me tourmentait depuis notre mariage ; un sentiment plus puissant, plus douloureux chaque jour. Mon trouble avait commencé sur la pointe des pieds, comme un frémissement, un grain de sable dans les rouages de mon système. Irrépressible, malgré toute ma volonté, toute ma réticence.

Et maintenant... Maintenant, Sadie me forçait à verbaliser des questions que je ne voulais pas me poser. Pourquoi avais-je besoin de me protéger contre son influence ? Étais-je même prêt à protéger ce pour quoi j'avais mené cette bataille impitoyable ? Mon cynisme, mon amertume, ces défenses carnassières que j'avais si férocement érigées... Était-ce vraiment sur ces fondations que je désirais construire mon rôle de père ?

Et si cet enfant en venait à me haïr ?

Je ne voulais pas commettre les mêmes erreurs que les générations précédentes. Mais peut-être me manquait-il quelque chose. Peut-être étais-je irrémédiablement déficient. Avais-je fomenté cet accord sans prendre en compte un vice inhérent et irrémissible – moi-même ?

Avais-je forcé Sadie à m'épouser alors que je ne la méritais pas ? Alors que je n'étais pas fait pour être père ?

Ses reproches résonnaient en moi pendant que je restais couché, bercé par le bruit de la douche derrière la cloison. Terrifié que cet instant de plaisir partagé soit le dernier. Terrifié par la puissance même de ma terreur.

Et soudain, un cri de souffrance retentit comme un glas dans la salle de bains.

10.

« Tout va bien, madame Xenakis. Plus de peur que de mal. Il faut simplement prendre soin de vous. »

Quelques heures plus tard, en sortant de l'hôpital, je me répétais avec ferveur les mots du docteur.

Dans la voiture, le chagrin, tenu quelques heures à distance par la terreur, me revint de plein fouet. Le visage tiré de Neo témoignait de son agitation silencieuse. Notre dernière conversation restait suspendue entre nous comme une menace imminente.

Le muscle qui tressaillait dans sa mâchoire en disait long. Sa tension n'avait fait que croître quand le docteur nous avait assuré que notre bébé… Notre fils allait bien. Le sang que j'avais perdu dans la douche pouvait sembler alarmant, mais un peu de repos suffirait à me remettre sur pied.

Et je ne comprenais pas pourquoi cette nouvelle avait fait blêmir Neo. Les émotions de cette nuit avaient-elles scellé l'inévitable ?

Quand le chauffeur coupa le moteur, Neo claqua la portière et contourna la voiture pour ouvrir la mienne, la paume tendue. Je glissai ma main dans la sienne, mais lorsqu'il se pencha pour me porter, je secouai la tête.

Si peu de temps après avoir quitté son lit, retrouver la chaleur de ses bras ne ferait qu'aiguiser ma peine. Comment en étais-je arrivée là ? Je m'étais juré de me protéger, mais toutes mes défenses s'étaient effondrées.

— Je peux marcher toute seule, dis-je froidement.

Il plissa les lèvres et resta à côté de moi, lui, et la proximité de son corps, et l'intensité de son regard, tandis que je montais les marches jusqu'à ma suite et m'asseyais sur le divan. Sur l'ordre de Neo, un des employés avait déjà installé un plateau de nourriture et de jus de fruits sur la table basse.

Neo ferma la porte derrière lui puis traversa la pièce d'un pas vif et résolu. Je savais ce qui m'attendait : cette fois-ci, pas de carte postale surprise, pas de trahison à distance. Je regardais l'abandon droit dans les yeux.

— S'il te plaît, Neo. Ne dis rien.

La supplique m'avait échappé.

Il se figea près du canapé et passa une main fébrile dans ses cheveux sombres. Même avec sa barbe naissante et les cernes qui ombraient son regard désespéré, il était sublime. Je ne me détournais pas ; je voulais contempler cet homme dont j'étais tombée amoureuse à chaque œillade moqueuse, chaque riposte acérée, chaque éclat scintillant d'intelligence. Chaque marque de tendresse et d'extravagance.

— Je ne sais même pas comment exprimer ce que j'ai ressenti en te voyant prostrée sur le sol de la salle de bains, Sa voix inégale, rauque de panique et de douleur, me lacéra.

— Toutes les grossesses présentent des risques, Neo…

— Non ! Cela ne serait pas arrivé si je n'avais pas insisté pour que nous passions la nuit ensemble !

— Oh ! pitié…

— Je le sens, Sadie. Je le sens dans mes tripes.

— Nous ne sommes pas exceptionnels, Neo. Tu crois que nous sommes le seul couple à faire l'amour pendant une grossesse ? Que tu mérites un châtiment particulier pour avoir écouté un instinct naturel ?

Son expression coupable s'ombragea encore.

— Je ne sais pas ce qu'il en est des autres, mais je ne peux pas supporter d'avoir pris un risque pareil. Depuis que je te connais, je te force la main…

— Je suis capable de prendre mes propres décisions, Neo. Je n'ai pas accepté ce dont je ne voulais pas. Comment peux-tu penser que je ne te désirais pas autant que tu me désirais ? Et qui te dit que je n'ai pas accepté ce mariage pour mes propres intérêts ?

— Je t'ai obligée à…

— Avoir une maison ? Obtenir l'emploi de mes rêves ?

— Tu l'as dit toi-même, ce ne sont que des choses matérielles. Ce que tu aurais pu perdre ce soir…

— Mais nous n'avons rien perdu, Neo. Le bébé va bien.

— Mais pour combien de temps ?

Mon cœur s'arrêta net.

— Pardon ?

— J'ai fait une erreur, Sadie. J'ai réfléchi notre accord pour le court terme. Et aussi fâcheuses que soient les circonstances, elles ont le mérite de m'avoir fait comprendre une chose : je ne suis pas équipé pour affronter le long terme.

Je serrai les poings.

— Tu essaies encore de te cacher derrière je ne sais quel complexe de martyr.

Il ne me quittait pas des yeux, la mâchoire douloureusement crispée. Je secouai la tête.

— Nous savons tous les deux que je ne peux pas t'arrêter si tu as pris ta décision, dis-je d'une voix plus blanche que je ne l'aurais voulu.

— Je pars au Brésil demain et je resterai en Amérique latine pendant plusieurs semaines.

— Tu t'en vas.

Ce n'était pas une question ; juste un constat, engourdi et aussi assourdissant qu'un coup de tonnerre.

— Oui.

— Parce que je suis si différente d'Anneka ? raillai-je.

— Oui !

Son exclamation semblait lui avoir été arrachée, mâtinée de désespoir et d'angoisse. Je sentis mes lèvres trembler.

— Neo…

— J'ai tout organisé pour ton confort…

— Je sais, je sais, tu t'es assuré que je ne lèverais pas le petit doigt. Peu m'importe, Neo. Ce que je veux savoir, c'est pourquoi tu reviens sur tes promesses.

— Pour ton propre bien, Sadie.

Mon rire amer avait la cruauté d'une lame.

— Oh ! vraiment ? Tu sais à qui tu me fais penser, Neo ? À mon père. Obsédé par tes propres intérêts. Tu as changé les règles du jeu quand tu as décidé que tu ne voulais pas seulement une épouse, mais une amante. Tu fais marche arrière parce que tu ne peux pas gérer les difficultés qui vont avec. Mes attraits personnels sont arrivés à expiration, et tu veux me mettre de côté en attendant d'obtenir la seule chose que je peux encore t'offrir.

Il secoua la tête, les yeux clos.

— Non, non, je fais cela pour toi, répéta-t-il.

— Fais-moi confiance. Je suis capable de prendre soin de moi. Crois-moi quand je te dis ce qu'il y a dans mon cœur.

Il pâlit encore, mais lorsqu'il rouvrit les paupières, son regard flambait d'une détermination rageuse.

— J'ai fait mon choix. Mais ne t'inquiète pas. À part mon absence, rien ne changera.

— Tu sais très bien que c'est faux. J'ai changé, moi. Je connais ma valeur. Je sais que je veux plus que tout cela. Je n'ai pas l'intention d'accepter un compromis ou d'attendre sagement que tu reviennes. Si tu penses que tout ira pour le mieux dans le meilleur des mondes parce que tu as décidé que je suivrai sagement tes directives, tu vas vite déchanter.

— Qu'est-ce que tu insinues ?

Je haussai les épaules avec une nonchalance feinte.

— Tu le sauras bien assez vite. Bon voyage, Neo.

Mais il resta planté devant moi pour me scruter. À la recherche d'une faille, peut-être.

Et comme je ne savais pas combien de temps je pourrais résister à la souffrance sans fléchir, je me détournai la première et ignorai sa présence.

La porte claqua derrière lui une minute plus tard. Enfin seule, je laissai mes larmes couler dans le silence.

L'emploi du temps infernal, le décalage horaire épuisant, les réunions sans fin. Tout cela aurait dû suffire.

Même aboyer sur mes employés était censé me faire du bien. Me rappeler que j'avais pris la bonne décision.

Elle m'avait comparé à son père. Au début, j'avais brûlé de révolte, convaincu d'être dans mon droit, aux antipodes de ce banquier de pacotille. Et puis, aussi irrépressible que le cours du temps, la vérité avait gagné en puissance… Une angoisse hantant les moments de silence, un écho que j'entendais résonner à chaque instant.

J'avais utilisé Sadie dès l'instant où elle m'avait annoncé son erreur, à la clinique Phœnix. D'abord, pour oublier la douleur dans une étreinte trop brève. Puis, dès la découverte de sa grossesse, je l'avais enfermée dans une cage dorée, avide d'assurer mon dernier espoir d'être père.

Puis, torturé par sa perfection, j'avais fait mon possible pour qu'elle tombe dans mes bras malgré tous les interdits.

Mais j'avais été trop avide. Trop égoïste. Je n'avais même pas songé qu'elle aussi pouvait en vouloir plus. Au-delà des plaisirs matériels et charnels. Au-delà de ce que je pouvais lui offrir.

Et même si chaque minute était devenue une minute de tourment, Sadie méritait que je garde mes distances. Méritait une grossesse paisible, sans avoir à supporter mes désirs et mes exigences. Et si passer une autre seconde, une autre journée sans voir son visage me tuait à petit feu, quelle importance ? J'allais devoir l'endurer.

La sonnerie stridente de l'intercom me fit sursauter.

— Je croyais avoir été clair. Je ne veux pas être dérangé.

— Bien sûr, monsieur Xenakis, mais je voulais vous prévenir…

— Ne vous fatiguez pas, le prévenir ne changera rien.

Cette voix. Je me redressai brusquement, en proie au vertige. Je n'avais pas entendu cette voix depuis deux semaines. Des jours à me contenter des rapports positifs du médecin, et maintenant… Maintenant, elle était là.

Un mirage en coton blanc dans l'encadrement de la porte, le

ventre arrondi, des tresses flamboyantes couronnant son front céleste. *Christos.*

Englouti par toute l'ardeur de ma dévotion, je me fis violence pour ne pas tomber à genoux devant elle, cette femme qui était apparue dans ma vie sur les ailes d'un miracle et s'y était sculpté un trône éternel.

Mon Dieu, m'habituerais-je jamais à l'impact que Neo Xenakis avait sur moi ?

J'en doutais. Après tout, j'avais passé chaque jour de notre séparation en enfer. J'avais voulu me distraire, j'avais voulu lutter, mais le besoin avait vaincu la raison. J'avais fini par demander à Axios et Callie de me prêter le jet familial. Et d'après l'expression choquée de Neo, ils avaient gardé le secret. Il reprit bien vite ses esprits, néanmoins.

— Que fais-tu ici ?

Malgré la tension, sa voix profonde fit frissonner mon échine. Je le rejoignis en quelques enjambées, le cœur battant la chamade.

— Si tu avais été à la maison, je n'aurais pas eu besoin de voler jusqu'à l'autre bout du monde pour avoir une conversation avec toi, tu sais.

Il déglutit difficilement.

— Sadie…

— Non.

De quelques pas, j'éclipsai le dernier mètre qui nous séparait. Son after-shave m'atteignit enfin, ensorcelant comme un élixir.

— Non, tu n'as pas voix au chapitre. Pas tant que tu n'as pas écouté ce que j'ai à te dire.

Un éclat d'amusement réticent dansa dans ses prunelles.

— C'est la troisième fois que tu viens m'attaquer dans mon bureau, tu sais.

— C'est le seul endroit où je parviens à me faire entendre, on dirait.

— Tu te trompes. Mais, *parakalo*, quoi que tu aies à me reprocher, peux-tu au moins t'asseoir ?

— Et saper tout le panache de mon discours ? Sans façon.

Son inquiétude était palpable, mais il n'insista pas.

— Que veux-tu, Sadie ?

— Je veux que tu rentres à la maison, ou que tu m'accordes le divorce.

Ses pommettes hautes blêmirent.

— Pardon ? Tu oses…

— Oh ! j'ose, tout à fait. Tu as deux options, et je ne partirai pas sans ta réponse. Tu sais pourquoi ? Parce que tu ne peux rien faire contre moi. Traîner la mère de ton enfant en justice ? Je ne pense pas. Me licencier ? Je trouverais un autre travail, je suis excellente dans mon domaine. Le seul obstacle qui se dresse en travers de notre chemin, c'est toi.

Sa respiration s'était accélérée, et je compris avec stupéfaction qu'il était au bord de la crise de panique.

— Tu crois peut-être que c'est facile pour moi, Sadie ?

La vulnérabilité bouillonnant dans sa voix me poignarda en plein cœur, à cet endroit trop fragile que j'avais voulu défendre, en vain. Mais je serrai les dents et avançai encore, à un souffle de lui maintenant, le nez levé et le regard féroce.

— Tu es parti. Et tu n'es pas revenu.

— Et c'est une torture ! s'écria-t-il. Je te cherche près de moi chaque nuit, mais tu n'es pas là. Je veux te lancer une question, une idée, un défi, et je ne trouve que le silence. Plus rien n'a d'intérêt à mes yeux si tu n'es pas là pour le partager avec moi ! Tu étais censée m'envoûter quelques semaines, le temps que nous nous repaissions l'un de l'autre. Mais il n'y a pas de satiété. Je ne pense qu'à toi, chaque seconde de chaque jour.

Mon pouls rugissait dans mes veines, porté par la ferveur et, oh, un espoir si ardent qu'il me brûlait l'âme.

— C… Continue, murmurai-je.

— L'autre nuit, quand tu m'as mis au pied du mur, je ne pouvais pas me défendre. Mettre des mots sur tes qualités, ta générosité m'a fait comprendre que je ne te méritais pas.

— De quoi parles-tu ?

— J'ai toujours pris garde à ne pas me compromettre émotionnellement, Sadie. C'est ce que l'histoire de ma famille m'a appris. Quand Anneka m'a dit qu'elle était enceinte, je lui ai immédiatement offert mon nom et ma fortune, mais rien d'autre. Je savais que je ne l'aimais pas, et en dehors de la leçon que j'ai tirée de sa trahison, je n'ai pas pensé à elle depuis notre rupture. Mais toi…

Il s'interrompit, passa une main lasse sur son front.

— Dès notre première rencontre, je n'ai pas réussi à te sortir de ma tête. Quand tu es venue à Athènes, je pensais que tu ressentais la même chose, que tu avais trouvé un prétexte pour me revoir.

— Et à la place, j'ai encore fait basculer ta vie.

Il secoua la tête. Sa main amorça le cheminement d'une caresse avant qu'il ne l'arrête.

— Non. À la place, tu m'as offert le cadeau le plus précieux qui soit pour un homme qui désire être père.

— Tu me crois ? Tu sais que le bébé est de toi ?

— Je te croyais avant même que nous n'atterrissions à Athènes. Tu m'as prouvé ton intégrité dès le premier jour.

— Alors pourquoi…

— Parce que je suis avant tout un négociateur, Sadie. J'ai caché mon jeu pour obtenir davantage. Je voulais notre enfant mais, plus encore, je te voulais toi. J'aurais pu te laisser à Londres sous la surveillance d'une équipe de sécurité, et revenir à la charge pour marchander la garde du bébé après sa naissance, dans le cas contraire.

— Mais tu ne l'as pas fait car tu me voulais ? Au passé ?

— Oh. Non, *glikia mou*. Jamais au passé. Au présent, si intensément que cela m'effraie.

Une décharge électrique me traversa.

— Dans ce cas, pourquoi te caches-tu à l'autre bout du monde ? Parce que tu as peur ?

— Je te l'ai dit, je ne te mérite pas. Je ne peux pas supporter la possibilité de te décevoir.

— Mon Dieu, Neo. Tu nous as fait subir cette séparation et tout ce chagrin parce que tu doutes de toi-même pour la première fois de ta vie ? C'est une émotion humaine très commune, tu sais.

Il fronça les sourcils.

— Sadie, ce n'est pas une simple…

— Tu crois que je n'étais pas morte de peur quand j'ai compris que j'étais amoureuse de toi ? Tu crois que je n'aurais pas préféré souffrir toutes les affres du monde plutôt que de supporter une seconde de plus l'angoisse de t'aimer sans savoir si tu m'aimais aussi ?

— *Christos*, Sadie, je…

— Attention à ce que tu vas répondre, Neo. Je suis enceinte de presque six mois. Tourne la langue sept fois dans ta bouche avant de me contrarier.

Il me serra contre lui, comme s'il avait peur de me voir disparaître à nouveau.

— Sadie, si l'amour signifie que je ne désire que toi, que je n'ai besoin que de toi, que mon cœur ne se rappelle à moi que lorsque tu es près de moi, alors je t'aime. Bien sûr que je t'aime. Et pour une chance de rester auprès de toi toute ma vie, je suis prêt à suivre ton exemple. Apprends-moi à te montrer mon amour, et je serai le plus zélé des élèves.

Je ris au creux de son cou, et il me souleva dans ses bras pour me porter jusqu'au canapé.

— Très bien, jeune apprenti. Leçon numéro un, ne me quitte plus jamais.

— Je te le jure, répondit-il avec ferveur.

Je me pelotonnai confortablement sur ses genoux et pris son beau visage entre mes mains.

— Si tu as des doutes, viens m'en parler. Je veux apprendre, grandir, aimer avec toi. Ensemble, nous sommes les meilleures versions de nous-mêmes. Mais surtout, Neo, ouvre ton cœur. Si nous nous faisons confiance et que nous aimons notre famille sans condition, tout ira bien.

Il ne cilla pas, ne détourna pas le regard ; malgré ses angoisses, il acquiesça fermement.

— Marché conclu, *amorfo mou.*

— Parfait. Maintenant, embrasse-moi. Et ensuite ramène-moi à la maison.

Épilogue

— C'est l'heure, Neo.

Les pas de ma femme résonnèrent sur le marbre de notre chambre alors qu'elle me rejoignait près de la baie vitrée.

— Nos invités commencent à se demander pourquoi tu gardes le roi de la fête en otage, reprit-elle en souriant.

J'étais déchiré entre la vision de Sadie dans sa robe toge immaculée, et celle du bébé dans mes bras.

Avec ses cheveux tressés, et cette peau rayonnante que j'avais révérée quelques heures plus tôt, Sadie triompha… mais de justesse. Je laissai mon fils – *thee mou*, le miracle de son existence me donnait toujours le vertige – se blottir contre mon cœur.

Je voulais le garder pour moi. Encore un peu.

— Cinq minutes ?

Sadie rit, belle à couper le souffle dans la lumière dorée.

— Tu as dit la même chose il y a vingt minutes. Je sais que tu te fiches de ce que pense ta famille, mais j'essaie de me faire bien voir, tu sais.

Le bruit de son rire s'insinua en moi comme un baume salvateur, animant une émotion que je n'avais pas su reconnaître quelques mois plus tôt. Mais tant de choses avaient changé depuis le jour où elle m'avait sauvé de moi-même, au Costa Rica. Elle m'avait ouvert à l'amour inconditionnel, et le bonheur qui en avait résulté continuait de m'époustoufler. Même ma relation avec mes parents, auparavant distante, avait commencé à s'adoucir sous le sortilège de Sadie.

— Je te préviens, nos mères préparent une offensive pour

t'arracher leur petit-fils, murmura-t-elle d'un ton conspirateur. Je ne donne pas cher de ta vie.

— Alors je veux profiter de mes derniers instants. Viens, *agape mou.*

Elle m'enlaça étroitement, une main sur les cheveux sombres d'Hélios.

— Il est si beau. Notre petit miracle.

Dans sa voix, la tendresse et l'émerveillement faisaient écho à la bouffée de joie qui menaçait de me submerger.

— Il est aussi beau que son exceptionnelle maman, mais, *moro mou*, c'est toi notre miracle. Tu as changé ma vie.

Ses beaux yeux verts se remplirent de larmes. Quand elle se hissa sur la pointe des pieds pour m'embrasser, je trouvai ses lèvres avec un sourire de contentement suprême. Cette femme sublime, brillante, généreuse m'avait donné un fils malgré les prédictions des médecins. Les spécialistes étaient toujours perplexes et nous avaient avertis qu'Hélios serait sans doute notre seul bébé ; mais qu'en savaient-ils ? Au côté de Sadie, rien n'était impossible.

Elle soupira et enfouit son visage au creux de mon cou.

— D'accord, Neo. Tu as gagné. Cinq minutes de plus. Mais je reste aussi.

Comme si j'avais pu la laisser partir.

— *Agapita*, tu sais bien que rien ne me ferait plus plaisir.

Vous avez aimé *Liée à un Xenakis* ?
Retrouvez l'intégrale de votre série
« Audacieux milliardaires » de Maya Blake :

1. *Promise à un magnat grec*
2. *Liée à un Xenakis*

Retrouvez prochainement,
dans votre collection

AZUR

Un mariage à Kallyria, de Kate Hewitt - N°4323
Très tôt, Mateo Karavitis a fui la vie de palais. Loin de la famille royale, il s'est tenu à l'écart des manigances liées au pouvoir. Hélas, aujourd'hui il est sommé de quitter l'Angleterre où il mène sa carrière de médecin pour rentrer à Kallyria. C'est dans son royaume qu'est désormais sa place : après l'abdication de son aîné, Mateo est le nouveau roi ! Et ce qu'on attend de lui est très clair : il doit non seulement redresser le pays mais aussi trouver une épouse qui lui offrira un héritier. Furieux d'être ainsi acculé, Mateo sollicite Rachel Lewis, la seule femme en qui il ait confiance. Rachel, qui travaille à son côté depuis de nombreuses années tout en ignorant son statut princier…

Les vœux d'Alessandro Sartori, d'Annie West - N°4324
Olivia ne croit guère en l'amour, aussi a-t-elle accepté d'épouser son ami Carlo. Entre eux, pas de sentiments. Leur mariage de pure convenance permettra la fusion des maisons de luxe de leurs familles respectives. Seulement voilà, le jour où Carlo l'abandonne devant l'autel, Olivia se voit dans l'obligation d'épouser Alessandro Sartori, le frère de son promis. Un homme qu'elle évite depuis leur toute première rencontre, en raison du désir insensé qu'il fait naître en elle…

Un apollon pour patron, de Clare Connelly - N°4325
Accompagner Santos Anastakos en Grèce ? La proposition semble folle à Amelia. Et pourtant, c'est l'unique façon pour elle de veiller au bien-être de Cameron, le fils dont le milliardaire vient d'hériter et dont elle est la préceptrice. Sur place, Amelia s'efforce de se concentrer sur son travail auprès du petit garçon, mais comment ne pas être troublée par Santos ? L'apollon semble en effet résolu à la séduire ! Et le cadre paradisiaque dans lequel ils évoluent rend ses tentatives d'autant plus convaincantes…

L'enfant du naufragé, de Cathy Williams - N°4326
Dans le petit village de pêcheurs où Cordelia est née, en Cornouailles, il ne se passe jamais rien. Jusqu'à ce qu'un apollon échoue sur la côte. Le naufragé, Luca Baresi, est l'homme le plus beau de la Terre et, tandis qu'elle l'accueille chez elle le temps de sa convalescence, Cordelia sent naître pour lui des sentiments inouïs. Un monde les sépare pourtant : Luca est un riche magnat italien et il ne s'intéressera jamais à une fille comme elle. Du moins le croit-elle car, avant leur séparation proche et inévitable, tous deux succombent au désir durant une nuit fabuleuse. Une nuit qui laisse à Cordelia un tendre souvenir…

Une si douce rivale, de Heidi Rice - N°4327

Maxime Durand est furieux : les vignobles dont il aurait dû hériter lui échappent encore. Et pour cause : le père qui l'a abandonné a légué ses terres à Cara Evans, sa gouvernante. Une intrigante qui, de toute évidence, a su séduire le vieil homme avant sa mort. Résolu à demander des comptes à cette femme sans scrupule, Maxime se rend à La Bâtie de la Lune où elle réside. Or, à sa grande surprise, il découvre une créature irrésistible d'innocence. Attiré malgré lui par sa douce rivale, Maxime décide de la conquérir…

La fuite scandaleuse d'une mariée, de Kali Anthony - N°4328

Fuir. C'est l'obsession de Théa, sitôt ses vœux de mariage prononcés. Comment pourrait-elle être heureuse dans cette union arrangée par son père ? Alors qu'elle est sur le point de s'échapper, elle est interrompue par son tout nouvel époux – et surprise par l'élan de désir qu'il éveille en elle. Christo Callas, l'homme auquel elle est enchaînée malgré elle, serait-il le seul capable de la libérer de la prison dorée dans laquelle on la maintient captive depuis toujours ?

Une nuit avec Enzo Bartolini, de Jennifer Faye - N°4329

SÉRIE : *L'HÉRITAGE DES BARTOLINI* - 3/3

Sous le choc des révélations qui ont marqué l'héritage de ses parents, Enzo Bartolini ne se reconnaît plus. Alors qu'il devrait être uniquement concentré sur la vente du vignoble familial situé en Toscane, voilà qu'il multiplie les actes irréfléchis et impulsifs. Comme cette nuit qu'il a passée avec Sylvie, sa meilleure amie ! Une nuit fabuleuse et qui n'a pas été sans conséquence. En effet, Sylvie attend un enfant de lui…

Une vengeance sicilienne, de Michelle Smart - N°4330

SÉRIE : *LES ÉPOUX DE SICILE* - 1/2

Claudia Buscetta est sur un petit nuage. Elle s'est mariée avec Ciro Trapani, un Sicilien éblouissant – l'homme de ses rêves. Après une sublime nuit de noces, elle déchante toutefois. Car son tout nouvel époux lui révèle qu'il l'a choisie à dessein – non pas parce qu'il l'aime, mais pour venger son père ruiné par celui de Claudia ! Désespérée par cette trahison, Claudia se résout à quitter Ciro pour mieux l'oublier. Mais, alors qu'elle tente de lui échapper, elle se découvre enceinte…

Aliyah, princesse captive, d'Elisa Marshall - N°4331

SÉRIE : *L'HÉRITAGE DES SABLES* - 1/3

C'est le grand jour, pour Aliyah : dans quelques heures, elle deviendra la sultane de Zmelâa ! Hélas, alors qu'elle se prépare à ce grand événement, elle est brusquement enlevée par Malek, son garde du corps dont elle est follement amoureuse. Trahie par le seul homme en qui elle a placé sa confiance, Aliyah est conduite dans une oasis perdue au milieu des dunes où elle est retenue captive. Hors les remparts du palais, elle découvre alors sa vulnérabilité et la passion dans les bras de celui qui est à la fois son protecteur et son geôlier…

Royale attirance, de Rebecca Winters - N°4332

SÉRIE : *PRINCESSES ET MARIÉES* - 2/3

Jamais la princesse Donetta n'a oublié son premier et unique amour – le prince héritier Enrico di Montedoro, avec qui elle partageait la passion de l'équitation. Alors que tous deux s'adoraient, ils ont dû se séparer, hélas, en raison du conflit qui opposait leurs familles respectives. Le revoir aujourd'hui lui cause un choc d'autant plus grand qu'Enrico lui demande de l'épouser. Cette fois pourtant, il n'est plus question de sentiments entre eux mais d'une union de pure convenance. Donetta pourra-t-elle s'en satisfaire, alors que son cœur bat toujours aussi fort pour Enrico ?

Un contrat sous haute tension, de Lynne Graham - N°4333

Ella n'a qu'une seule chose en commun avec Aristandros Xenakis : Calliope, sa petite nièce orpheline. La fille de sa sœur décédée, dont Aristandros a obtenu la garde par testament. Hormis ce point de convergence, elle le hait depuis la dispute qui a causé leur séparation, sept ans plus tôt. Mais, si vivre avec lui et devenir l'une de ces créatures superficielles qu'il affectionne tant est le seul moyen de veiller sur le bonheur de sa nièce chérie, il n'y a pas à hésiter. Elle devra l'accepter, emménager avec lui et supporter sa présence. Il ne la rassure que sur un point : elle ne sera pas contrainte de partager son intimité physique. Du moins, tant qu'elle n'en fera pas la demande explicite…